THÉATRES
ACTEURS ET ACTRICES
DE PARIS,

BIOGRAPHIE

DES ARTISTES DRAMATIQUES,

ET

NOTICES HISTORIQUES SUR LES THÉATRES DE PARIS,
LEUR ORIGINE, LEUR ADMINISTRATION, ETC.

PARIS

AU DÉPOT CENTRAL DES PIÈCES DE THÉATRE

ANCIENNES ET MODERNES,

Rue de Grammont, n. 14, près du boulevard des Italiens.

1842

TABLE.

NOTA. On a adopté, pour le classement des artistes, l'ordre alphabétique, comme le plus convenable pour les recherches.

IMPRIMERIE DE E. DUVERGER,
RUE DE VERNEUIL, N. 4.

ACADÉMIE ROYALE
DE MUSIQUE.

(Rue Lepelletier, Chaussée d'Antin. — Grandes scènes lyriques, ballets. — 1900 places.)

Administration.

Directeur, M. Léon Pilet. — Commissaire royal, M. Éd. Monnais. Administrateur, M. Labeaume. — Inspecteur et secrétaire, M Leduc. Caissier, M. Bigarne. — Chef d'orchestre, M. Habeneck. Contrôleur général, M. Courtin. — S.-chef du contrôle, M. Colombat.

Prix des Places.

Premières de face, premières d'avant-scène. . . .	9 fr.	c.
Orchestre, balcon, deux. de face, deux. d'avant-scène.	7	50
Premières de côté, baignoires de côté, galeries des premières, amphithéâtre des premières.	6	»
Deuxièmes de côté, troisièmes de face.	5	»
Troisième de côté, trois. d'av.-scène, quat. de face.	5	50
Quat. de côté, cinquième de face, amphit. des quat.	2	50
Parterre.	5	60

Ce théâtre, le premier de France par la pompe et la magnificence royales de son spectacle, le mérite de ses artistes et la magie de ses décorations, a changé plusieurs fois d'emplacement, par suite d'incendies. Après l'assassinat du duc de Berry, le 13 février 1820, on ordonna la démolition de la salle située rue de Richelieu, aux portes de laquelle cet événement avait eu lieu, et, quelques mois après, on se hâta de construire le bâtiment provisoire qu'occupe aujourd'hui l'Opéra. L'architecture en est simple, peut-être un peu mesquine; mais l'intérieur est bien distribué, sonore, grandiose; et son foyer, de 62 mètres de long sur 9 de large, est le plus beau de Paris. Les vastes terrains que ce théâtre occupe dans le quartier le plus opulent de la capitale, doivent être rendus à l'exploitation aussitôt qu'on sera d'accord sur le choix du nouvel emplacement qu'on lui destine... Mais le théâtre de la Porte-Saint-Martin, lui aussi, fut construit pour recevoir provisoirement l'Opéra après l'incendie de la salle du Palais-Royal, en 1781, et cette salle *provisoire* est encore debout, cachant sa vétusté sous ses nombreux badigeonnages. — Les représentations ont lieu les *lundis, mercredis* et *samedis*. Pendant l'hiver, il est donné régulièrement deux fois par mois, le *dimanche*, une représentation dite *extraordinaire*. — Le bureau de location est ouvert tous les jours, de midi à trois heures, rue Grange-Batelière, n. 3, hôtel Choiseul.

ARTISTES DU CHANT.

ALIZARD.

Le ténor Tachinardi, père de madame Persiani, qui n'était pas favorisé sous le 'rapport extérieur, disait tout haut devant ce public de Paris si moqueur : « Je suis venu pour me faire entendre et non pour me faire voir. » Alizard peut en dire autant, car la voix de cet artiste est si belle, si large, si puissante, qu'on oublie tout ce que son petit corps a de difforme. Il a fallu en effet un bien grand talent pour forcer à l'admiration ce peuple athénien, je veux dire parisien, chez qui les yeux sont plus grands que les oreilles.

BARROILHET.

Baroilhet partage avec Duprez l'admiration des habitués de l'Académie royale de Musique, et la formule manque pour exprimer les transports qu'il excite dans tous ses rôles, principalement dans *la Reine de Chypre*. La beauté de sa voix, sa méthode et son goût exquis le placent au premier rang des artistes dont les noms font la gloire de notre grand théâtre lyrique.

BOUCHÉ.

Bouché s'essaya d'abord en province et s'y fit même une réputation ; ses succès le portèrent plus haut : à l'Académie royale, il trouva un public plus difficile, moins enthousiaste. Enfin il y mit de la persévérance, et l'on s'aperçoit qu'il gagne de jour en jour dans l'estime du public : c'est justice. Bouché a de la dignité, de la tenue, et, comme chanteur, c'est un vrai et beau talent.

Mlle DOBRÉ.

Encore une jeune et jolie femme, qui pourrait fort bien se passer de talent, et qui cependant travaille comme si les glaces de son salon (elle est trop belle pour ne pas avoir un salon), ne l'invitaient à ce vilain péché qu'on nomme la paresse.

Mme DORUS-GRAS.

D'une honorable famille d'artiste, madame Gras n'a jamais fait parler que de son talent et de sa générosité. On n'a point oublié le secours qu'elle porta au pauvre Hérold, abandonné dès la seconde représentation de son *Pré-aux-Clercs* par madame Casimir. Plus d'espoir pour lui ! Succès avorté, et quel succès ! le plus grand et le dernier, hélas ! qu'ait remporté cet estimable musicien. Sans perdre un instant, madame Dorus-Gras sollicite et obtient de l'administration de l'Opéra la permission de descendre sur la petite scène de la place de la Bourse, où elle donne consécutivement douze représentations de ce chef-d'œuvre, qui n'éprouva qu'un retard de cinq jours... On ne savait ce qu'il fallait admirer

1.

le plus, de ce talent flexible qui brillait dans tous les genres, ou du noble dévouement de l'artiste qui risquait sa réputation pour secourir un ami : on accueillit l'un avec des bravos et l'autre avec le cœur. — Madame Dorus-Gras est fille du chef d'orchestre de Valenciennes ; elle fut adoptée par la municipalité de cette ville, à qui elle fit hommage de la première couronne qu'elle reçut au Conservatoire des mains de Cherubini. — Engagée à l'Académie royale de Musique, où ses succès furent grands, même auprès de madame Damoreau, elle épousa M. Gras, premier violon de l'Opéra ; son frère, M. Dorus, y occupe aussi une place distinguée, et la flûte de Tulou a trouvé un écho. Tout est talent dans cette trilogie artistique.

DUPREZ.

Duprez (Gilbert-Louis) est né à Paris, le 6 décembre 1806. Il commença sa carrière musicale dans un village, par les soins bienveillants d'une voisine qui lui apprit à solfier, et qui voulait le faire admettre dans les pages de la musique du roi. Il entra à cet effet au Conservatoire, mais il y fit si peu de progrès, que l'on fut contraint de renoncer à l'espoir de le placer à la cour. En 1817, Choron formait son institution ; il avait à choisir parmi les élèves du Conservatoire ; un concours fut ouvert, et Duprez échoua encore. Choron, la providence de tous les artistes, revit Duprez qui lui fut recommandé, l'accueillit favorablement, reconnut en lui des dispositions, et ne tarda pas à l'aimer et à l'initier aux grands effets de l'art musical. — A dix-neuf ans, Duprez, trop confiant dans ses forces, débuta à l'Odéon... Ici commence la série des vicissitudes attachées à l'art ; il ne réussit point, et fut bientôt contraint d'aller cacher au milieu de la foule des chanteurs d'Italie ce qu'il appelait sa disgrâce. Bien lui en prit, car c'est là qu'après neuf années de fatigues, de travaux, chantant de bourgades en bourgades, mais non pas toujours incompris, il avait rencontré Rossini, Meyerbeer, Bellini, Donizetti, qui devinèrent en lui un interprète futur de leurs œuvres. — Il voulut revoir la France où déjà sa réputation avait fait sensation dans le monde musical. Enfin, le 17 avril 1837, Duprez obtint à l'Opéra le plus grand, le plus légitime succès, et l'admiration fut générale. Depuis cinq ans ce succès s'est soutenu : il ne pouvait pas s'accroître.

Mᵉˡˡᵉ HEINEFETTER.

Cette belle Allemande possède une grande puissance dans la voix; les cordes hautes en sont sonores et pures; elle a l'accent et le visage très dramatiques d'expression, et elle paraît douée d'une grande intelligence; ses débuts dans la *Juive* ont été fort remarquables.

Mᵉˡˡᵉ JULIAN.

L'Académie royale de Musique avait naguère des prétentions au titre de *morale ;* on avait pour cela jeté force gaze et voiles, allongé les jupes, resserré les mailles des maillots, diminué ce qu'en termes honnêtes on appelle les bouffants des sous-jupes, eh bien! le désir perçait tout cela,

« Et Dieu sait bien souvent ce qu'*il* en rapporta! »

Mais aujourd'hui où l'indulgence éclairée d'une direction libérale veut des artistes et non des religieuses, beaucoup de jolies femmes apportant à l'Opéra de la pudeur sans pruderie, y charment à la fois les oreilles et les yeux, et permettent d'espérer du talent sans coterie et de l'amour sans scandale.

Il me semble que je ne vous ai rien dit de mademoiselle Julian... Si fait.

LEVASSEUR.

Après ses débuts à l'Académie royale de Musique, qui datent du 5 octobre 1813, Levasseur partit pour l'Italie. A son retour à Paris, il chanta l'opéra italien avec un grand succès ; mais Rossini l'enleva bientôt à ses nouveaux camarades et le fit rentrer à l'Opéra où il joua *Moïse*. Il créa successivement *le Comte Ory*, *le Philtre*, *le Dieu et la Bayadère*, et mit le sceau à sa réputation par le rôle de Bertram de *Robert-le-Diable*. Parler de cette réputation si largement établie, c'est redire ce que chacun sait. A la fois excellent chanteur, grave, sévère, puis d'un comique de bon goût et de bon aloi, sa belle taille, ses manières aisées, son sourire expressif et souvent sardonique, tout chez lui concourt à faire un sujet fort remarquable.

MARIÉ.

Après une apparition à l'Opéra-Comique, où Marié avait obtenu un légitime succès, cet agréable chanteur, ce comédien plein de zèle et de chaleur est allé porter sur la scène de l'Académie royale de Musique ses heureuses dispositions. Depuis son admission, Marié a travaillé avec conscience, et chaque jour voit accroître son répertoire, qui s'augmentera bientôt d'une création qui fera honneur à l'artiste et plaisir au public.

MASSOL.

On dit que Massol est paresseux : c'est fâcheux pour l'art ; car à la ressource précieuse de sa belle voix de fer, à une entente remarquable de la scène à l'Opéra, à cette distinction dans les manières qui lui vaut les suffrages de la partie du public qui n'applaudit jamais, mais dont le sourire flatteur n'est pas perdu pour l'artiste clairvoyant, joignez du travail et du vouloir, et vous aurez alors un sujet parfait.

Mlle NATHAN.

Encore une Juive! C'est à faire aimer Moïse et à sauter au cou du marchand de lorgnettes. Décidément leurs co-religionnaires savent tout accaparer : celui-ci de l'estime pour le noble usage qu'il fait de son immense fortune ; l'autre, de la fortune pour le noble emploi de son dramatique talent ; et mademoiselle Nathan, les applaudissements d'un public qu'elle charme par la pureté de sa méthode.

Mlle NAU.

Je laisse parler M. J. Arago [1] : « Voici une jeune et gentille personne au talent frais, à la méthode parfaite, à l'organe embaumé, aux manières élégantes ; elle a plus que de l'esprit, plus que de la bonté, plus que de l'indulgence. Elle comprend les faiblesses du cœur ; la honte et la dégradation sont seules au-dessus de son intelligence. La conversation de mademoiselle Nau est une musique, ses mots sont des pensées ; on l'écoute des yeux et de l'âme à la fois. »

F. PRÉVOST.

Bon et modeste chanteur, Prévost, qu'une maladie grave avait tenu longtemps éloigné de la scène, a repris son service. C'est toujours l'acteur consciencieux que nous avons applaudi tant de fois, et qui,

---

(1) *Physiologie des Foyers et des Coulisses*, piquante, mordante et pourtant gracieuse petite production où l'esprit, répandu avec profusion, remplace les gravures. Cette physiologie n'a pas, comme tant d'autres, besoin de se sauver par les planches.

sans briller d'un grand éclat, restera au rang où le place son talent, c'est-à-dire au-dessus du médiocre.

POULTIER.

Que Poultier ait exercé à Rouen la profession de tonnelier, que le hasard en ait fait un chanteur, peu importe, et le public ne demande pas à l'artiste des preuves de noblesse ; mais du goût, du talent, et surtout celui de plaire, le plus incontestable de tous. Poultier est en bon chemin pour acquérir ce dernier ; sa voix douce et quelquefois touchante l'appelait à recueillir l'héritage d'Alexis Dupont... La place était prise. Peut-être que sur une autre scène, loin d'un rival désespérant, Poultier trouverait une énergie que la crainte paralyse, et qu'alors en osant oser... Il n'y a que le boulevard à traverser.

Mᴹᴱ STOLTZ.

Rosine Stoltz est encore une élève de Choron ; mais, ce qui est moins ordinaire,

« C'est au couvent, mesdemoiselles, »

et à celui des Bénédictines de la rue du Regard, qu'a été élevée cette prêtresse de l'Opéra. Ayant jeté le voile, elle débuta d'abord dans la comédie, à Bruxelles ; puis, découvrant quelque chose de chromatique dans sa voix, elle se mit à voyager en chantant les grandes partitions de Rossini. Elle joua à Anvers, en 1835, le rôle d'Alice, et dès lors un artiste bien regrettable et bien regretté, Nourrit, présageant ses succès futurs, obtint pour elle un engagement à l'Opéra. C'est à Nourrit qu'elle dut sa première couronne, trophée qu'elle déposa trop tôt, hélas ! sur la tombe de son bienfaiteur. — A un organe étendu et puissant, qui passe avec facilité des notes aiguës du soprano aux cordes graves du contralto, madame Stoltz joint un jeu expressif et naturel. Elle succéda à mademoiselle Falcon, qu'elle eut le bon esprit de ne point copier. Elle créa depuis plusieurs rôles avec bonheur, et ses récents succès dans *la Reine de Chypre* lui assignent un rang élevé sur notre première scène lyrique.

WARTEL.

Ténor agréable, Wartel n'est pas seulement le chanteur de l'Opéra, il est encore dans les concerts et dans les salons le meilleur interprète des mélodies de Schubert et de Beethoven, qu'il dit avec une expression pleine de charme. On assure que Wartel aspire aux douceurs de la retraite et qu'il veut professer; c'est joindre la théorie à la pratique; il ne peut que faire de bons élèves, et nous les attendons pour les applaudir.

Mme WIDEMANN.

Plusieurs créations et des rôles importants dans lesquels madame Widemann nous a montré toute l'étendue de sa belle voix de contralto, nous ont fait revenir de la prévention que ses débuts avaient fait naître; aujourd'hui qu'on lui rend la justice qui lui est due, on applaudit sa méthode sûre, son jeu correct, et surtout sa manière de phraser large et pleine. C'est un des bons sujets de l'Académie royale de Musique.

DANSE.

Mlle ALBERTINE.

Puisque l'ordre alphabétique vous place à la tête de vos compagnes, sautez, dansez donc, amusez-vous, mademoiselle Albertine; mais surtout amusez-nous

aussi toujours par votre gaîté communicative, votre
joyeuseté et votre entrain.

Mlle BLANGY.

Voir l'article de mademoiselle Julian. Flatteuse
similitude.

CARLOTTA GRISI.

Sa haute destinée s'annonça dès sa naissance; et
celle dont la place était marquée sur les degrés du
trône de Marie Taglioni (pour ne pas dire Terpsi-
chore), vit le jour à Visinida, village de la Haute-
Istrie, dans un palais bâti pour l'empereur François II, et dans le même lit où il avait couché ! —
Sa cousine, Julie Grisi, encouragée par la célèbre
madame Pasta, qui l'avait entendu chanter, voulut
faire de Carlotta une virtuose; mais elle lui résista, et
se laissa entraîner par sa vocation chorégraphique.
Perrot lui donna des leçons, l'épousa, et l'emmena à
Londres où ses succès furent immenses. De ce moment les deux gloires se confondirent sans se nuire,
et le maître ne négligea pas son écolière pour sa
femme. — Gentillesse, naïveté, sentiment, expression, voilà pour sa pantomime; grâce, légèreté, har-
diesse, voilà pour la danse; un teint d'une fraîcheur
rare, une bouche petite, mignarde, enfantine, une
taille bien prise, voilà... pour Perrot [1]! — Vilain
singe, va !

Mlle DUMILATRE.

Cette belle personne est bien élevée; elle a de
l'esprit, de l'instruction, des manières fort distin-

---

(1) Si je ne dis rien des danseurs, je n'en apprécie pas moins leur
talent et leurs mœurs qui chez la plupart sont irréprochables. Aux
premiers rangs de la danse je placerai Montjoie, Barrez, Mazilier,
Simon, Frémolle, Elie, Mabille, Petipa, Queriau, Corali, Adice, Des-
places, qu'il est toujours bon de voir et juste d'applaudir.

guées, et n'est déplacée ni dans le monde, qui l'accueille avec empressement, ni au théâtre, où elle reçoit des applaudissements mérités.

FANNY ET THÉRÈSE ELSSLER.

Je n'ai pas voulu séparer les deux sœurs, si unies, si inséparables ; et de même qu'on dit Pierre et Thomas Corneille, on aime et l'on applaudit Fanny et Thérèse. Mais s'il y a deux Elssler, il n'y a qu'une Fanny, et Thérèse, malgré tout son talent, n'a pour elle que le reflet de la gloire de sa sœur, dont elle est sinon l'appui, une danseuse n'en a pas besoin, mais le bras qui la reçoit, le cœur qui la suit sans envie, l'ombre du tableau enfin. — Vous dire son âge (je ne parle plus que de Fanny) me paraît tout-à-fait inutile ; je sais seulement qu'en la voyant j'oublie le mien ; et pour vous la peindre j'aime mieux emprunter le pinceau d'Eugène Briffaut [1], qui pourtant n'a guère plus de mémoire que moi quand il est fasciné par elle : « Une délicatesse que l'on ne saurait imiter, la gentillesse, la distraction fine et légère, la souple agilité, une coquetterie toujours active, toujours ardente, une intelligence sensuelle qui se reflète sur toute son organisation, et enfin une minauderie délicieuse... telles sont les qualités distinctives de Fanny Elssler... Sa personne est d'accord avec son talent, son corps est svelte et élancé, son visage est noble et piquant, l'expression en est distinguée, spirituelle et agaçante ; son re-

(1) Cette petite citation est extraite de la *Galerie des Artistes dramatiques de Paris*, sans contredit la plus belle et la plus vaste biographie des acteurs contemporains. Elle se compose de quatre-vingts portraits in-4° d'artistes fort ressemblants, dans le costume de leurs principaux rôles, et d'autant d'excellentes Notices fort détaillées, dues aux meilleurs écrivains de notre époque. Chaque livraison, composée d'un portrait et d'une notice, se vend séparément 50 cent., au Dépôt central des Pièces de théâtre anciennes et modernes, rue de Grammont, n. 14.

gard, doux et caressant, dit tout sans effronterie... Marie Taglioni est une nymphe qui se balance au milieu de ses compagnes, ou une sylphide qui vole avec ses sœurs ; elle nous a révélé la danse du ciel. Fanny Elssler veut l'amour des hommes ; si l'une est la sœur des anges, l'autre est la plus adorable des filles de la terre. »

LES D^{lles} FITZ-JAMES.

L'Opéra est une académie toute fraternelle, et la danse en cela est montée sur un bon pied. Encore deux sœurs dont la légèreté (j'espère qu'on ne l'entend pas mal) n'exclut pas l'aplomb, et dont la grâce aurait bien dû imposer silence à l'envie, qui, avec comme sans calembourg, n'a rien à mordre chez elles.

Mlle LUCIE GRAHN.

Mademoiselle Lucile Grahn a de la grâce comme toute danseuse devrait en avoir, elle est jolie, ce qui n'est pas une exception à l'Opéra ; mais ce qui lui donne un titre incontestable à nos éloges, c'est qu'on lui ait confié le rôle de la Sylphide et qu'elle s'y soit fait applaudir après mademoiselle Taglioni.

Mlle MARIA.

Encore une *élancée* et bien ravissante personne, et si j'étais bavard... Mais comme ce n'est point mon défaut, je ne répéterai pas tout ce que j'entends dire sur elle ; sa modestie y trouvera son compte.

LES D^{lles} NOBLET.

Elles se soutiennent et sont encore ce que nous les avons vues, d'agréables danseuses, ne tenant pas tellement de place au théâtre qu'il soit impossible de briller auprès d'elles ; et puis, nous qui assistions à leurs débuts, nous avons des souvenirs qu'elles savent raviver encore.

Mlle PAULINE LEROUX.

Élève de Vestris II, c'est à la cour du grand-duc de Wurtemberg que cette jolie danseuse fit ses premiers pas (au pluriel bien entendu), et je suis loin de penser qu'elle en ait fait de faux, les danseuses n'en faisant jamais, pas même à Londres où le pavé doré est si glissant. C'est de cette terre promise que nous est revenue mademoiselle Pauline Leroux. Une blessure qu'elle se fit à la répétition de *la Fille du Danube* l'éloigna du théâtre ; mais enfin, après trois années d'une douloureuse absence, *le Diable amoureux* nous la rendit, et chacun applaudit au revenant. Toujours sage dans ses mouvements, pleine de passion dans sa pantomime, elle brille à la fois dans tous les genres, et danse avec autant de vérité l'écossaise et le boléro que l'allemande et la saltarelle.

Personnel du Service, Conseils, etc.

Chefs de Chant : MM. Benoit, Laty, Dietsch ; Charpentier, *inspecteur.*

Maîtres des Ballets : MM. Coralli, Mazillier, Albert.

Orchestre : MM. Habeneck, *chef ;* Battu, *sous-chef.*

Souffleur : M. Robin.

Machinistes en chefs : MM. Constant, Galté.

Habillement : MM. Géré, *chef ;* Nonnon, *chef tailleur ;* Petit, *garde-magasin.*

Bibliothécaire, M. Leborne. — *Inspecteur de la salle,* M. Ledru. — *Inspecteur du théâtre, du matériel et des bâtiments,* M. Picard. — *Préposé à la location,* M. Lanjalley.

Service de santé : MM. Sibille, Bouché Du Gua, Beaude, *médecins.* — Piron, *chirurgien.*

Conseil : MM. de Vatimesnil, Philippe Dupin, de Tourville, Silvestre de Sacy, Ferron, Castaignet-Durmont.

Conseil médical : MM. Andral, Marjolin, Magendie, Roux, Pasquier fils, Bousquet, Pariset, Blache, West.

THÉATRE ROYAL FRANÇAIS.

(Chefs-d'œuvre dramatiques, tragédies et comédies.)

Administration.

Commissaire royal, M. BULOZ. — Caissier, M. MAISSONNIER. — Inspecteur général, M. LAURENT. — Régisseur de la scène, M. SAINT-PAUL. — Souffleur, M. FÉLIX. — Secrétaire, M. VERTEUIL. — Contrôleur en chef, M. BLANC.

Prix des Places.

Balcon, premières de face, loges de la première galerie, loges du rez-de-chaussée et avant-scènes.	6 fr. 60 c.
Orchestre, premières de côté, premières galeries. . .	5 »
Deuxièmes loges.	4 »
Galerie des deuxièmes loges.	3 »
Troisièmes loges, loges du cintre.	2 75
Parterre.	2 20
Deuxième galerie.	1 80
Amphithéâtre.	1 25

Le Théâtre-Français est situé dans la rue qui porte le nom du fondateur de l'Académie Française, rue où l'on trouve la Bibliothèque royale, le plus vaste dépôt des productions de l'esprit humain, près de l'ancienne maison qu'habita Molière jusqu'à sa mort, et où s'élève le tardif monument que le dix-neuvième siècle consacre à sa mémoire, dans cette rue enfin bornée au nord par l'Académie royale de Musique, et au midi par le Louvre, le temple de la peinture. Les étrangers peuvent créer un théâtre qui égale, qui surpasse même en magnificence notre Opéra; mais les trésors de toutes les nations ne feront jamais naître un Corneille, un Racine, un Voltaire, et surtout le père de notre scène comique, le simple, le naturel et partant l'éternel Molière. C'est au Théâtre-Français, le premier théâtre du monde, que

notre vanité excessive est peut-être excusable, parce
que là seulement la France n'a pas d'égale. — La salle
est belle, riche, bien découpée et surtout fort commode.
Convenablement placé partout, le riche comme le pauvre
peut jouir d'un noble spectacle sans fatigue et sans
gêne; aussi y rencontre-t-on habituellement un public
éclairé, attentif, silencieux, qui accueille le talent avec
enthousiasme, et laisse tomber sous le poids de son in-
différence celui qui se fourvoie. — Le foyer, ou plutôt
l'étroit couloir qui porte ce nom, est, j'aime à le croire,
une allégorie qui nous montre que le chemin de la
gloire n'est pas large; et les bustes des auteurs du second ordre qui l'encombrent, ont l'air de se coudoyer
dans leur trajet vers le petit salon bourgeois où trônent
nos grands hommes, dûment classés et étiquetés.

ARTISTES.

Mlle ANAIS AUBERT.

Mademoiselle Anaïs Aubert est cette charmante
miniature, si jolie, si spirituelle, si jeune... Oui, si
jeune, car je la vois toujours aussi fraîche, aussi
riante, aussi naïve qu'elle m'apparut il y a vingt-
six ans, dans ses débuts, le 10 novembre 1816.
Je me hâte de dire ici qu'elle avait alors à peine
quinze ans, et je déclare que je ne puis croire encore
qu'elle soit majeure. — Ses pérégrinations sont nombreuses : reçue d'abord pensionnaire de la Comédie-
Française, elle en fut remerciée au bout d'un an, et
alla porter sa petite statuette sur les bords de la
Tamise, d'où elle revint de nouveau au Théâtre-
Français, qu'elle quitta cette fois pour le Gymnase,
puis celui-ci pour l'Odéon; et enfin, après dix années, en 1831, elle reprit rue de Richelieu sa

place d'ingénue que personne ne lui disputait plus.
Qui dit Anaïs, dit malice, gentillesse, naïveté;
son talent est si souple et si frais tout à la fois,
qu'elle jouerait, sans faire disparate, les ingénues
dans un pensionnat de jeunes personnes et les amoureux chez M. Comte.

ARMAND-DAILLY.

Armand-Dailly a quelques rôles où il déploie
encore de la verve et de l'originalité. Dans les *Folies amoureuses, le Légataire universel*, etc., pièces
qu'il joue depuis si longtemps et pour lesquelles sa
mémoire ne lui est pas rebelle, il encadre parfaitement les premiers rôles; enfin c'est un acteur utile
et dont les longs services sont appréciés de ses camarades et du public.

BEAUVALET.

Il est né à Pithiviers en 1802. Doué d'une force dè
poumons qui paraît extraordinaire à la vue d'un
corps assez frêle, Beauvalet, qui se destinait d'abord
à la peinture, fut en quelque sorte obligé de changer
de carrière; des amis l'ayant entendu réciter quelques vers, l'engagèrent à cultiver les dispositions
qu'ils venaient de découvrir en lui, et les portes du
Conservatoire lui furent ouvertes. En 1825, il débuta à l'Odéon par le rôle de Tancrède, et ne tarda
pas à se faire une réputation devant un parterre
bouillant qui trouvait dans le débutant toutes ses
sympathies. A la fermeture de cette salle, Beauvalet, ne pouvant rester inactif, entra au théâtre de
l'Ambigu-Comique... On le crut perdu, il n'était
qu'égaré. — L'année 1830, cette époque célèbre
dans l'histoire, ne le fut pas moins dans la littérature; le vieux théâtre, ou plutôt ses imitateurs
maladroits, croulait avec la monarchie. Un nouveau

genre ouvrait une lice aux talents énergiques et mâles, et Beauvalet fut choisi pour un de ses interprètes. Il entra donc aux Français, où il créa avec succès les rôles de Marat, de Danton, de Didier, d'Aquila, d'Yacoub, etc. Sa scrupuleuse exactitude sur la vérité du costume dénote son goût inné pour la peinture, et personne ne se montre plus que lui sévère sur les anciennes traditions. Il vient d'en donner une preuve récente dans le rôle du Cid qu'il a rendu avec esprit et sagesse, et cette fois l'attention s'est trouvée partagée entre lui et la célèbre tragédienne ; c'est une grande conquête sur l'intérêt trop exclusif du public et un beau pendant au succès de ce comédien dans *Polyeucte*.

BRINDEAU.

Depuis longtemps Brindeau aspirait à l'honneur d'un début à la Comédie-Française ; mais, en homme d'esprit, il guettait le moment de pénétrer dans la place avec des chances de succès. La retraite de Menjaud en était une qu'il a su saisir ; il s'est présenté franchement, cartes sur jeu, abordant dès les premiers jours les rôles du *grand trottoir*, et attendant son arrêt d'un public qui, par ses encouragements sur le théâtre du Vaudeville, et en dernier lieu sur celui des Variétés, est complice de la témérité de Brindeau. Les débuts de cet acteur sont devenus une question d'art ; personne plus que lui ne pouvait prétendre à remplir une place à laquelle sa bonne tenue et ses études approfondies, jointes à des qualités incontestables, lui donnaient tous les droits. — Courage et espoir donc !

Mᵉˡˡᵉ BROHAN.

Mademoiselle Augustine Brohan tient maintenant au Théâtre-Français l'emploi que sa mère, la char-

mante actrice du Vaudeville, aurait dû y conserver.
Ses débuts ont inspiré l'intérêt qui s'attache aux
noms célèbres, et la jeune Augustine n'a pas démé-
rité : honneur donc à l'élève qui nous a montré tout
le profit qu'une intelligence heureuse peut tirer d'un
modèle parfait !

Mlle DENAIN.

Ses débuts à la Comédie-Française ont été fort
brillants ; elle y a joué le rôle d'Agnès dans *l'Ecole
des Femmes*, avec une grâce pleine de naïveté et de
naturel. C'est une fort bonne acquisition, et déjà
plusieurs de ses créations ont confirmé les espérances que ses premiers succès avaient fait naître.

Mme DESMOUSSEAUX.

Lui voulez-vous des ancêtres? Elle est fille de
Baptiste aîné et nièce de Baptiste cadet... Dans ses portraits de famille vous trouvez madame Hus, Bour-
dais, Féréol, madame Dorval enfin ! Cela ne vous
suffit pas, il vous faut des titres... Les siens à l'estime
du public sont : madame Pernelle, du *Tartufe*,
madame Argante, des *Fausses confidences*, madame
Jourdain, madame Derville, du *Mari à bonnes for-
tunes*, et sa dernière création, où elle déploie toute
la finesse de son jeu et de son esprit, *les Souvenirs
de la Marquise de V***.* — Madame Desmousseaux
est née en 1790 et débuta à la Comédie-Française
en 1815. Elle y a joué tour à tour les soubrettes,
les confidentes tragiques, puis les duègnes, emploi
qu'elle tient avec une supériorité incontestable, et
qu'elle gardera encore longtemps, nous l'espérons.

FIRMIN.

L'art théâtral est inné chez Firmin ; c'était une
vocation à laquelle il n'a pas manqué, puisqu'à

douze ans il jouait au théâtre des Jeunes-Élèves, et
à seize ans à Louvois. Ses succès précoces lui valurent un engagement à l'Odéon ; mais il ne tarda pas
à se faire recevoir à la Comédie-Française, dont il est
devenu sociétaire. Un célèbre critique, Geoffroi, lui
reprocha, lors de ses débuts, son peu de vivacité et de fougue... Firmin a quelquefois trop profité
de la leçon ; cependant, chez lui cette chaleur n'est
jamais factice ; c'est une émanation de l'âme, une
passion qui déborde et qui fait explosion. Après la
mort de Talma, Firmin aborda avec bonheur quelques rôles de ce grand comédien ; puis il prêta
l'appui de sa bouillante énergie au drame moderne,
et obtint de légitimes succès dans *le Tasse, Hernani,
Henri III, Don Juan d'Autriche ;* enfin, revenu à la
comédie, il joua *le Jeune Mari, Bertrand et Raton,
la Popularité,* avec une gaîté naturelle, un enjouement et une légèreté qui prouvent toute la variété
de ce talent si flexible et dont les modèles deviennent chaque jour plus rares.

GEFFROY.

Voilà un de ces acteurs rares et chez qui le zèle
intelligent et consciencieux a eu fort à faire pour
racheter le désavantage d'un physique ingrat et
grêle. Geffroy a triomphé, et cette vocation dramatique qui s'était déclarée en lui au collège d'Angers,
l'a conduit sur notre première scène, où *la Famille
de Lusigny* nous a révélé un des meilleurs comédiens
de l'époque ; et j'aime à citer les paroles d'un célèbre critique : « Geffroy est avant tout un artiste habile, qui s'inquiète de la forme extérieure, qui re-
cherche le mouvement, la vie, l'action de la comédie, et qui souvent les trouve. » — Geffroy a reçu
une médaille d'or pour son beau tableau représen-
tant le *foyer de la Comédie-Française.*

GUYON.

Guyon, venu du théâtre de la Renaissance, a porté à la Comédie-Française la jolie pièce de *la Vieillesse du Cid*, dans laquelle il joue le vieux Cid. La force, la vigueur, la passion, l'énergie de la jeunesse se rencontrent sous cette neige d'emprunt, sous ces glaces factices, et ce beau vieillard, qui rajeunit à volonté, est une des meilleures conquêtes du Théâtre-Français.

MLLE GUYON.

Mademoiselle Guyon est une jolie femme venue de la Renaissance, et qui dans ses débuts promettait ce qu'elle a tenu : elle a de l'énergie, de la chaleur, de la finesse, et surtout l'intelligence dramatique qui se développe à chaque création : courage donc !

MME HALLEY.

Madame Halley joint à un sentiment exquis du drame la noblesse et la grandeur tragiques. Elle a une diction fort régulière et surtout une manière de dire les vers pleine de grâce et de charme.

LIGIER.

Talma n'est point remplacé, parce qu'on ne remplace personne, et que Talma avait succédé à Lekain, comme Ligier a succédé à Talma. — Ligier est né à Bordeaux en 1797 ; c'est là qu'il vit pour la première fois son illustre devancier, et que celui-ci en fut assez satisfait pour l'engager à le suivre à Paris, où il débuta au mois de décembre 1819. Il ne fut pas toujours constant au théâtre qui l'avait reçu encore chétif. Il erra à l'aventure, parcourant la province ; puis, las de cette vie nomade qui ne pouvait que nuire à ses études, il revint à Paris, créa des rôles importants à l'Odéon, et passa au théâtre de la Porte-Saint-Martin, sous les auspices de M. Casimir Delavigne qui l'associa au magnifique succès de son *Marino Faliero*. La mort de Talma lui rouvrit les portes du Théâtre-Français : c'est là qu'il compléta sa gloire dramatique par deux créations réellement grandes, *Louis XI* et le Richard des *Enfants d'Édouard*, et qu'il déploya tous les ressorts de son talent, l'ardeur, l'énergie et le mordant incisif de sa diction mâle et ironique.

Mlle MANTE.

Mademoiselle Mante, jeune et belle encore, promet de longs services à la Comédie-Française ; mais la mesure de son talent est connue, et sa part de gloire eût pu être plus grande si l'éclat de ses débuts et surtout celui de sa beauté n'avaient nui au développement d'un talent trop jeune qu'intimida et paralysa le regard d'une rivale célèbre qui la tint toujours à distance. Mademoiselle Mante est élève de Granger, ancien acteur qui tint pendant longtemps à Rouen l'emploi des premiers rôles, et qui jouait encore, à soixante-treize ans, celui du comte Almaviva du *Barbier de Séville*, avec toute la verdeur et l'élégance de Fleury. Aussi a-t-elle gardé de ce maître célèbre un aplomb et une fermeté de diction fort remarquables ; l'ironie, les sentiments fiers et dédaigneux sont rendus par elle avec une grande vérité ; et quand on a bien voulu lui laisser aborder des rôles importants, tels que ceux de la maréchale des *Trois Chapeaux*, et de la duchesse du *Verre d'Eau*, on a vu tout ce que ce talent eût créé s'il eût pu se former dès son entrée au théâtre un répertoire qu'il est trop tard pour reconstruire, aujourd'hui qu'un embonpoint prononcé ne lui laisse pas la faculté du choix.

Mlle MAXIME.

Qui donc a voulu établir une comparaison malen-
contreuse entre mademoiselle Maxime et mademoiselle Rachel? Il faut être possédé de l'envie de faire
des rapprochements, et surtout de nuire à la réputation d'une bonne et excellente personne qui joue
la tragédie avec conscience, avec âme, et qui, douée
d'un talent incontestable, ne demande qu'un peu de
place dans l'espace auprès du grand astre. D'ailleurs
on a vu dans *Marie Stuart* mademoiselle Maxime
en scène avec la célèbre tragédienne, et celle-ci n'en
a paru que plus animée et plus sublime, tant l'ému-
lation est nécessaire aux artistes. Mademoiselle
Maxime nous a rendu la *Phèdre* de Racine, et l'on
doit lui savoir bon gré d'avoir eu le courage de jouer
ce rôle devant ceux qui se rappellent encore mademoiselle Duchesnois ; aussi le succès a-t-il couronné
cette heureuse témérité. Mademoiselle Maxime restera au théâtre, il faut l'espérer, dans l'intérêt de
l'art, et la tragédie aura encore en elle une interprète de plus, dont le talent n'éclipsera celui de
personne, mais concourra à l'ensemble si désirable
d'artistes de premier ordre pour la réhabilitation d'un
genre qui fait la gloire de la littérature française.

MIRECOURT.

Mirecourt a de la tenue, du zèle, de la mémoire ;
il a étudié son art sous de bons maîtres, il s'est ré-
chauffé au soleil des Armand, des Menjaud, des Firmin... et tout fait espérer qu'il deviendra un modèle
pour d'autres amoureux présentement en nourrice.

MONROSE.

Qui n'a lu le *Roman comique?* C'est au milieu de
comédiens ambulants comme les décrit Scarron, que

Monrose est né, à Besançon, vers 1784. Son père était chanteur, sa sœur jouait les ingénues, et une de ses tantes les premiers rôles du drame et de l'opéra. Le collége de Chartres, où l'on avait mis le jeune Monrose pour faire ses études, fut bientôt abandonné par lui pour le théâtre des Jeunes-Artistes; il y fit ses premières armes, et en 1804 il jouait à la Montansier auprès de Brunet et de Tiercelin, quand le directeur du théâtre de Bordeaux s'en empara, et lui fit ce qu'on appelle un répertoire. En 1813, Monrose quitta la troupe de mademoiselle Raucourt, dans laquelle il tenait l'emploi des valets depuis sept ans, et, après une tournée dans nos grandes villes, il entra au Théâtre-Français qui le reçut sociétaire en 1816. C'était à la fois Dugazon et Dazincourt, qui ne tarda pas à devenir le Monrose d'aujourd'hui, et dont le nom restera, comme ces derniers, dans les fastes de la Comédie-Française. — Quand nous écrivions ces lignes, Monrose, atteint d'une bien dangereuse maladie, laissait peu d'espoir aux admirateurs de ce beau talent de le revoir jamais au théâtre.

Mlle NOBLET.

On dit la famille des Atrides; on dit aussi la famille des Noblet : ce n'est pas le seul rapport existant entre ces dernières et les Agamemnon et les Ménélas, car les déesses d'Homère et d'Euripide nous sont apparues tant de fois sous les traits des demoiselles Noblet, soit sur la scène de Quinault et de Gluck, soit sur celle de Corneille et de Racine, que c'est pour nous une série de demi-dieux. Mademoiselle Noblet, de la Comédie-Française, n'a point, comme mesdemoiselles Duchesnois, Volnais, Bourgoin, attaché son nom à aucun genre. Arrivée au théâtre à une époque de transition, elle a d'abord joué le drame moderne avec succès, et l'on n'a pas

3

oublié combien elle était touchante dans *Richard d'Arlington*. La tragédie, presque abandonnée, avait repris un peu de vie par les efforts consciencieux du jeu pur et sage de mademoiselle Noblet, qui, laissant de côté la routine monotone de l'ancienne déclamation, avait eu le bon esprit de ne point se laisser aller au dévergondage moderne. Elle a seule soutenu pendant longtemps le poids de la couronne tragique sans écraser l'art sous celui d'une réputation exclusive. Enfin mademoiselle Noblet est un sujet précieux auquel on revient sans passion mais non pas sans charme.

PÉRIER.

Périer est un acteur qui aime son art, qui en connaît toutes les ressources, sans intrigue, tout entier à sa tâche de chaque jour. On peut lui reprocher de la brusquerie, de la lourdeur même ; mais ces défauts chez un homme de son mérite deviennent presque des qualités ; c'est le bourru bienfaisant qui révolte d'abord et se fait aimer ensuite. Il faut entendre Périer, s'accoutumer à sa manière vive et mordante, et l'on sera frappé de sa rectitude, de la façon dont il ponctue, qui fait découvrir des beautés qu'il sent et qu'il s'attache à faire sentir à ses auditeurs. Parmi tant de rôles que Périer a créés, et auxquels il a prêté l'appui de son talent, il en est plusieurs où il a déployé une originalité charmante ; je ne citerai que celui du lord dans les *Deux Anglais :* du calme, du flegme, de la brusquerie à laquelle succède une excessive sensibilité, voilà le rôle, voilà aussi l'acteur.

MLLE PLESSY.

Jeanne-Sylvanie Plessy est fille d'un honnête bourgeois de Metz que des revers de fortune avaient

jeté dans la vie nomade de comédien. Au sortir des
bras de sa nourrice, quelque OEnone de province,
qui l'avait bercée au son d'un hémistiche alexandrin,
Sylvanie passa dans ceux des professeurs Michelot
et Samson, qui la firent recevoir, en 1829, à l'âge
de dix ans, au nombre des élèves du Conservatoire.
Cinq ans après, le 10 mars 1834, elle débutait sur
le Théâtre-Français. A la vue de cette jolie figure
enfantine, de ce doux regard, de ces quinze ans
bien véritables, le parterre n'en demanda pas da-
vantage ; il accueillit l'enfant avec enthousiasme,
persuadé que toutes ses gentillesses étaient du talent, ou plutôt que tant de beauté et tant de candeur suffisaient... Cependant le professeur, homme
froid et positif, qui prenait l'art au sérieux, fit taire
tout cet engouement, puis, la critique aidant, l'enfant comprit que pour remplir le grand vide qu'allait
laisser la plus illustre comédienne de notre siècle, il
fallait marcher dans sa voie, s'inspirer de son génie.
Le temps, de bons conseils, des études sérieuses, et,
plus encore, une heureuse réaction qui s'opéra chez
le public devenu sévère et exigeant, mirent mademoiselle Plessy sur les traces de son inimitable modèle, et maintenant la piquante Agnès s'est emparée
du fauteuil de Célimène où elle commence à s'asseoir
avec aisance en attendant qu'elle y trône.

PROVOST.

Provost a joué tous les genres, sur tous les théâtres, tantôt sérieux, tantôt comique, parodiant le
lendemain le héros qu'il avait créé la veille. Chassé
par le flot, débris de tous les naufrages, il fut jeté
un jour sur la plage de la Comédie-Française où il
a su prendre position à force de zèle, et se faire recevoir sociétaire, distinction due à son jeu aisé et naturel. Enfin, c'est un de ces acteurs qui remplissent

leur emploi avec conscience, qu'on n'applaudit pas
à leur entrée, mais qu'on voit toujours avec plaisir.
— Provost est professeur au Conservatoire.

Mᴸᴸᴱ RACHEL.

La presse s'est beaucoup plus occupée de mademoiselle Rachel depuis deux années, qu'elle ne l'a
fait de la question d'Orient, de l'alliance anglaise et
de toutes les questions d'organisation sociale. C'est
qu'en France l'art l'emporte sur tout, parce que la
gloire en est le résultat, et que pour la gloire on don-
nerait son corps et même son âme par-dessus le
marché. Aujourd'hui notre grande tragédienne atteint sa majorité, et déjà son nom est européen. Hier
encore, pauvre fille humblement courbée sous le
manteau de plomb du malheur, elle a relevé tout à
coup sa tête couronnée d'un laurier que le hasard a
fait naître et que la nature a cultivé. Pas ou presque
point d'études, quelque chose de rude et de sauvage
sans exagération, sans cris, sans rien du fatras de
l'école, voilà Rachel. N'écoutez pas ceux qui vous
parleront de sa chute dans le rôle qu'elle aborda la
veille pour la première fois ; attendez quelques jours,
et si elle ne parvient pas à vous impressionner vivement, c'est que le rôle est froid, éploré, sans passion. Mademoiselle Rachel use de la tragédie comme
madame Dorval du drame, négligeant les détails et
n'adoptant qu'une scène ; mais cette scène est admirablement rendue, elle est sublime. Malheureusement, quand la célèbre actrice a dit son dernier mot,
quand cette jeune fille qu'on voulait voir et entendre
est rentrée dans la coulisse pour ne plus reparaître,
la tragédie est terminée ; tout le talent des autres
comédiens, toutes les beautés de l'œuvre de Racine
ou de Corneille n'y peuvent suffire... Et croyez encore à la résurrection du théâtre classique !

REGNIER.

François-Joseph Regnier est né à Paris en 1807. Il débuta au Théâtre-Français le 6 novembre 1831, dans le rôle de Figaro du *Mariage*, qu'il joua avec succès. Monrose, resté seul par le départ de Samson, et ne pouvant porter tout le poids du répertoire, on fut donc heureux de rencontrer ce talent si jeune, si original, si pimpant, qui n'eut qu'à marcher, sans entraves et sans jalousies ; aussi prit-il son art au sérieux et sa réception comme sociétaire eut lieu en 1834. Jean, de *Bertrand et Raton*, Oscar, de la *Camaraderie*, Timothée, de *Japhet*, Balandard, d'*Une Chaîne*, sont des types d'un naturel parfait, qui permettent d'espérer un collatéral pour la succession de l'infortuné Monrose.

SAMSON.

De l'étude d'un avoué de province au Conservatoire il n'y a qu'un pas, et souvent un pas de clerc. Il n'en fut pas ainsi pour Samson qui en fit un de géant ; aussi lui valut-il le premier prix. Chargé de ce trophée, il partit pour Dijon et Besançon, où il reçut l'accueil le plus encourageant, puis il vint se fixer à Rouen : c'était montrer de la confiance, et le succès couronna l'œuvre. Le bruit en vint jusqu'à Paris, et Picard, en homme habile, s'empressa d'en enrichir sa troupe de l'Odéon, où il tint avec distinction l'emploi des comiques pendant six ans. En 1826, Samson alla prendre à la Comédie-Française la place que lui assignait son talent ; mais, en fils de bonne maison, voulant tâter un jour de l'école buissonnière, il s'en alla chanter le couplet de vaudeville au théâtre du Palais-Royal. La grande rectitude de ce comédien fin, soigneux, calme, réservé,

ne s'arrangeait guère de la désinvolture de mademoiselle Déjazet ; d'ailleurs il avait laissé un vide à
l'autre bout de la galerie, et bientôt les huissiers se
mirent en campagne, noircissant force papier timbré.

« Quatorze appointements, trente exploits, six instances,
« Six-vingts productions, vingt arrêts de défenses,
« Arrêt enfin... Il *perd* sa cause... »

et rentre au Théâtre-Français au milieu des applaudissements d'un nombreux auditoire. *Depuis ce bel
arrêt*, qui nous a rendu un acteur et même un écrivain de mérite, d'esprit et de goût, vingt créations
sont venues le placer à la tête de cette société qu'il
fuyait naguère et qu'il dirige aujourd'hui.

Mme THÉNARD.

Longtemps soubrette sous mademoiselle Demer-
son et mademoiselle Dupont, madame Thénard est
aujourd'hui la confidente de toutes les héroïnes tragiques : elle s'est vouée à mademoiselle Rachel qu'elle
suit pas à pas ; c'est elle qui rattache son voile, la
reçoit dans ses bras, la drape, lui donne la réplique,
c'est elle enfin qui ramasse les couronnes qu'on jette
à la célèbre tragédienne sans que jamais une petite
fleur s'en détache pour la récompenser de tant de
dévouement et de constance. — Bonne madame
Thénard, vous avez au moins l'estime de ceux qui
vous connaissent.

Mme VARLET.

Mademoiselle Veyret, aujourd'hui madame Var-
let, est une soubrette vive, accorte, sémillante,
pleine de verve et qui rappellerait quelquefois cette
bonne Dupont... si un peu plus d'ampleur... Mais
on prétend qu'au Théâtre-Français le terrain est
bon.

THÉATRE ROYAL

DE

DE L'OPÉRA-COMIQUE

(Boulevard des Italiens, salle Favart.).

Administration.

Commissaire royal, M. Ed. MONNAIS. — Directeur, M. F. CROSNIER.
Caissier, M. BENJAMIN. — Régisseurs, MM. GENOT, COLLEUILLE et
PALIANTI. — Secrét.particulier, M. A. AUBER. — Secrét. de l'administration, M. A. CERTAIN. — Inspect. du matériel, M. BELLEVILLE.
CHANT. Chef du chant et régisseur général, M. GENOT. — Accom-
pagnateur, M. GARAUDE. — Chef des chœurs, M. VALTEAU. — Chef
du bureau de copie, M. STRUNTZ.

Prix des Places.

	fr.	c.
Premières loges de la prem. galerie, prem. loges de face avec salon, avant-scènes des baignoires.	7	50
Fauteuils et stalles de balcon, loges de la première galerie sans salon, premières loges de face.	6	»
Fauteuils d'orchestre, première galerie, stalles des bai- gnoires, avant-sc. des prem. loges, baignoires avec salon.	5	»
Prem. loges de côté, av.-scèn. des loges de la deux. galerie.	4	»
Deuxième galerie.	5	»
Parterre, loges de la deuxième galerie de face, avant- scènes des troisièmes loges.	2	50
Loges de la deuxième galerie de côté, troisièmes loges.	2	»
Amphithéâtre.	1	»

L'Opéra-Comique prit ce titre l'année 1714. D'abord
spectacle forain, l'Académie royale de Musique lui ac-
corda la permission de jouer des pièces mêlées de danses,
à la condition qu'aucunes paroles n'y seraient proférées
qu'en chantant. En 1762, les artistes de l'Opéra-Comique se réunirent à ceux de la Comédie Italienne. Après

avoir occupé successivement l'hôtel de Bourgogne et la rue Mauconseil, on leur construisit, en 1783, la salle Favart sur le boulevard. Des réparations urgentes forcèrent les acteurs d'aller s'installer, en 1797, au théâtre de Monsieur, comte de Provence, rue Feydeau, qu'ils occupèrent pendant trente-deux ans. Le palais de la Bourse exigeait des sacrifices : on supprima le passage Feydeau et l'on ordonna la démolition du théâtre, sur l'emplacement duquel l'on perça la rue de la Bourse. L'Opéra-Comique ne pouvait rester sans asile. Une société lui construisit à grands frais et dans des proportions gigantesques, la salle Ventadour ; et au mois d'avril 1839, il prit possession de ses vastes domaines... Malheureusement, le public capricieux ne voulut pas le suivre dans sa nouvelle splendeur, et un jour, jour d'économies et de mortifications, le personnel et le matériel, l'un portant l'autre, vinrent s'établir modestement dans la petite salle des Nouveautés, en attendant mieux. Un incendie ayant fait abandonner la salle Favart par les chanteurs italiens, l'Opéra-Comique s'empressa de relever les ruines de son ancien berceau, et le 16 mai 1840 il en reprit enfin possession. — Cette salle, belle, spacieuse, décorée avec goût et magnificence, est réellement digne du genre tout national qu'y exploitent tant d'artistes du premier ordre, sous la direction ferme et éclairée de M. Crosnier.

ARTISTES.

Mᵐᵉ ANNA THILLON.

Mademoiselle Anna Hunt est née à Calcutta en 1819, et non à Londres, ainsi que l'ont avancé quelques biographes, bien excusables du reste, puisque c'est dans cette ville qu'elle a été élevée, qu'elle y a reçu sa brillante éducation et cultivé cette voix pure, argentine et mélodieuse qui, malgré son étrangeté, ou peut-être à cause de son étrangeté, charma le public parisien. A la mort de son père, Anna, suivie de sa mère et de sa sœur, quitta l'Angleterre et vint essayer en France ses heureuses dispositions musicales. Débarquée au Havre, elle y donna quelques concerts ; c'est là qu'elle connut et qu'elle épousa M. Thillon, chef d'orchestre de la Société philharmonique de cette ville. Après son mariage, elle parcourut la province ; Clermont et Nantes, où elle a tour à tour brillé comme première chanteuse, conserveront longtemps le souvenir des succès de madame Thillon. M. Anténor Joly, en tournée à Nantes, découvrit cette charmante personne, qu'il engagea pour le théâtre de la Renaissance, dont il était directeur. *La Chaste Suzanne*, *Lucie de Lammermoor*, etc., nous la montrèrent dans tout son éclat, et si quelque chose avait pu sauver cette entreprise, l'*Eau merveilleuse* de madame Thillon l'eût fait... Le 11 août 1840, l'Opéra-Comique reçut avec joie ce précieux débris du naufrage de son malheureux voisin. *La Neige*, *Zanetta*, *les Diamants de la Couronne*, *le Duc d'Olonne* sont pour madame Anna Thillon de glorieux titres de naturalisation.

AUDRAN.

Pierre-Marius Audran est né à Aix, le 26 septembre 1817. Son père, entrepreneur de maçonnerie, le destinait à l'architecture et lui fit faire ses études dans ce but. Mais un goût prononcé pour le chant et la musique s'étant révélé en lui, il se confia aux soins de M. Armand, professeur à Marseille. Après deux années seulement d'études musicales, Audran parut sur le grand théâtre de Marseille, et ses débuts furent heureux ; mais il voulait voir sanctionner ses succès par un public moins ami. En mai 1838, il vint à Paris où l'engagement de ténor léger, pour Bruxelles, lui fut proposé, et Audran eut le bonheur d'y réussir complétement. Le climat de Bruxelles et un an de travail forcé ayant un peu altéré sa santé, il contracta avec le théâtre de Bordeaux un engagement d'un an, puis un de deux ans avec celui de Lyon, et c'est après les épreuves de ces deux grandes villes qu'Audran est venu au mois de mai 1842 se ranger au nombre des pensionnaires de M. Crosnier. Ses débuts dans *la Dame Blanche* ont été très brillants et très suivis par ce public d'élite qui seul peut confirmer le jugement de la province, et Audran, qui a étudié sérieusement la musique, et qui, comme chanteur et comme comédien, n'a besoin pour se perfectionner que du contact des bons modèles, a déjà sa place marquée au théâtre royal de l'Opéra-Comique où sa jeunesse, sa voix fraîche et étendue, sa tournure élégante et de bon goût lui assurent de longs et légitimes succès.

Mme BLANCHARD.

Les habitués des théâtres de la banlieue se souviennent d'avoir, il y a quelques années, accordé de justes applaudissements à une actrice qui portait alors le nom de Frosine ; ils retrouveront à l'Opéra-Comique madame Frosine Blanchard, engagée pour jouer les secondes duègnes, emploi plus utile que brillant, dans lequel elle a souvent cependant l'occasion de se faire remarquer.

Mme BOULANGER.

Vous avez vingt ans ? tant mieux pour vous... Mais, amateur de spectacles, on vous a parlé sans doute de madame Desbrosses et de madame Crétu, si bonnes, si naturelles, si regrettables toutes deux, eh bien ! allez voir madame Boulanger dans *Ma tante Aurore*, *l'Ambassadrice*, *le Domino noir*, et surtout dans Carline de *Polichinelle*, et n'enviez rien au passé. Mais pour nous, il y a dans madame Boulanger une autre actrice que nous ne pouvons oublier, un diable devenu trop tôt ermite, et que nous cherchons sous la coiffe de la duègne ; il y a Colombine du *Tableau parlant*, Marton, de *la Fête du Village voisin*, Floretta, de *Picaros et Diégo*, Jenny, de *la Dame Blanche*... Qui de nous où d'elle a donc vieilli ? — Nous, sans doute, car elle est toujours restée dans notre souvenir la jeune, fraîche et agaçante Rose d'*Emma*, chantant son *tra, la, la*, tout en composant son bouquet. — Madame Boulanger est mère de M. Ernest Boulanger, le spirituel compositeur de la musique du *Diable à l'école*.

CHOLLET.

Jean-Baptiste Marie Chollet est né à Paris, le 20 mai 1798. Son père, musicien chanteur et instrumentiste, l'initia bientôt dans l'art qu'il cultivait lui-même, et, dès l'âge de huit ans, il entrait en qualité d'enfant de chœur à l'église Saint-Eustache. Cet emploi peu lucratif ne permettant pas à Chollet de venir au secours de sa famille, pour atteindre ce but, Chollet se fit instrumentiste aussi, et parvint à jouer du serpent avec beaucoup de charme et du trombonne avec infiniment de talent. Admis, en avril 1806, comme élève au Conservatoire de musique, il se livra à l'étude du solfége et du violon. Le Conservatoire ayant été fermé en 1815, par suite des événements politiques, Chollet fut reçu choriste à l'Opéra-Comique et y resta jusqu'en 1818. En 1823, il était au Havre sous le nom de Dôme-Chollet. Engagé au théâtre de Bruxelles pour y jouer les rôles de Martin, de Laïs et de Solié, il se fit entendre à l'Opéra-Comique, lors de son passage à Paris, en 1825, y fut applaudi, et obtint un engagement pour l'année suivante. Au temps fixé, il quitta Bruxelles pour aller prendre possession de son emploi, et ses débuts furent si brillants qu'il fut admis comme sociétaire en 1827. Il abandonna dès lors les rôles de baryton qu'il avait joués jusque-là, pour ceux de ténor ; ce fut Hérold qui écrivit pour lui le premier rôle de ce genre, dans son opéra de *Marie.* Le répertoire de Chollet s'est accru plus tard de quelques autres ouvrages comme *la Fiancée, Fra-Diavolo, le Postillon, l'Éclair*, dans lesquels il a toujours obtenu un immense succès. — Après une nouvelle absence, Chollet vient de rentrer à l'Opéra-Comique par le rôle de Jeannot dans l'opéra de *Jeannot et Colin.* C'est encore un triomphe pour ce chanteur si original et si plein de verve.

Mlle DARCIER.

Le 21 mars 1840, l'Opéra-Comique donnait *la Mantille.* Une toute jeune, charmante et timide personne débutait dans cet opéra par le rôle créé quelques mois avant par madame Jenny Colon-Leplus. Ce modeste début devait cependant marquer dans les archives du théâtre, car cette tremblante debutante était mademoiselle Darcier, une des plus gracieuses et des plus spirituelles actrices qu'ait jamais possédées l'Opéra-Comique. Mademoiselle Darcier n'est pas élève du Conservatoire. Quelques artistes se souviennent encore du nom de son habile professeur, madame Bereither.

DAUDÉ.

Édouard Daudé débuta pour la première fois le 15 octobre 1836, sur le théâtre royal de La Haye, dans les rôles de Guillaume Tell et de Figaro de l'opéra du *Barbier de Séville*. Appelé en avril 1838 au théâtre de la Renaissance, il s'y est montré avec succès dans le *Barbier, l'Eau merveilleuse*, etc. et y a créé avec bonheur le rôle d'un des deux Vieillards dans *la Chaste Suzanne*, opéra de Maupou. — Daudé se fait remarquer par une tenue distinguée, une coquetterie dans le costume qui est la politesse de l'artiste envers le public, et dont celui-ci lui tient toujours compte. Il a débuté à l'Opéra-Comique le 28 février 1840.

Mlle DESCOT.

Mademoiselle Clémentine Descot, née à Paris le 20 mars 1823, était destinée d'abord à l'éducation; mais elle montra de si grandes dispositions pour le chant, que son père se hâta de la retirer des mains de son institutrice, mademoiselle Rolland, et, sous le patronage de l'inimitable cantatrice madame Damoreau, il la fit entrer au Conservatoire où elle suivit avec ardeur la classe de sa protectrice, qui s'attacha à cette enfant de toute la bonté de son cœur. — Au bout de six mois d'études au Conservatoire, mademoiselle Descot obtenait un second prix de chant; un an après, un second prix d'opéra-comique; la troisième année, les deux premiers prix de chant et d'opéra-comique. Admise à débuter sur ce théâtre en août 1840, la manière remarquable avec laquelle elle chanta le rôle d'Isabelle du *Pré-aux-Clercs*, lui fit prendre place au rang de nos cantatrices distinguées.

ÉMON.

Amédée Émon est né à Châteaudun, le 5 juin 1810. Ses études furent spécialement dirigées vers la composition musicale. Arrivé à Paris, il fut appelé à diriger successivement l'orchestre de deux théâtres de vaudeville, ce qui ne l'empêchait pas cependant de suivre au Conservatoire la classe de chant de M. Garaudé. Lille, Bordeaux et Rouen ont tour à tour applaudi Émon comme premier ténor léger. Dans cette dernière ville, M. Cerfbeer, alors administrateur du théâtre royal de l'Opéra-Comique, entendit chanter Émon, et celui-ci fut immédiatement engagé. — Émon débuta en mai 1839, par les rôles de Clairval de *la Marquise*, Tonio de *la Fille du Régiment*, Daniel du *Chalet*, etc. Émon est un des artistes les plus utiles de l'Opéra-Comique; ce chanteur, qui possède un bon ton de comédie, se fait remarquer surtout par un talent de musicien très distingué, fruit de sérieuses études qui lui valent déjà des créations que les auteurs lui confient.

Mme FELIX - MELOTTE.

Mademoiselle Léontine Melotte, qui a épousé M. Félix (du théâtre du Vaudeville), a commencé sa carrière dramatique à Rouen, après avoir été une des élèves les plus distinguées de Bordogni au Conservatoire. *Guillaume-Tell*, *Robert-le-Diable*, *les Huguenots*, *la Juive*, *l'Eclair*, *Robin des Bois*, ont trouvé en elle une interprète digne de la ville qui a vu naître Boïeldieu. Madame Félix-Melotte, engagée d'abord au théâtre de la Renaissance, y devait débuter dans un opéra nouveau, lorsque la fermeture du théâtre la rendit au directeur de Rouen. Mais ce ne fut pas pour longtemps : M. Crosnier l'appela à l'Opéra-Comique, où sa première apparition dans *le Pré-aux-Clercs*, le 19 mai 1840, marqua sa place d'une manière brillante. Malheureusement pour madame Félix, elle ne trouva pas, comme son mari au Vaudeville, un emploi vacant. Le public, en regrettant de ne la pas voir plus souvent dans deux rôles dignes de son talent, ne sait pas moins l'apprécier, et le jour du triomphe viendra aussi pour elle. Elle est de ces artistes qui ne sauraient perdre pour attendre.

GRARD.

Cet artiste, qui lors de ses débuts dans *les Deux Reines*, le 2 février 1841, s'est placé à un rang très élevé comme chanteur, est appelé aux plus brillants succès à l'Opéra-Comique. Avant d'entrer au théâtre, Grard était avantageusement connu dans les salons de Paris, où l'on n'avait pas manqué de remarquer sa voix sonore, bien timbrée, et sa facilité de vocalisation des plus remarquables. Grard, entré au Conservatoire en 1838, est élève de M. Delsartes, habile professeur.

GRIGNON.

A l'époque où les théâtres de la banlieue avaient un but autre que celui de la spéculation, et qu'ils formaient, par la pratique, des élèves pour des scènes plus élevées, nous avons remarqué dans des rôles de *Martin* (à cette époque les théâtres de la banlieue formaient aussi des élèves pour l'opéra et l'opéra-comique) un jeune homme qui, sous le nom d'Honoré, faisait concevoir de belles espérances et procurait d'abondantes recettes à M. Sévestre. Malheureusement pour ce dernier, et fort heureusement pour Honoré, l'Odéon s'empara de cet artiste, que Bordeaux sut accaparer ensuite. Mais c'est à Paris que sa place était marquée. En 1830, il débutait brillamment sur le théâtre de l'Académie royale de Musique, quand la révolution de Juillet éclata. Contraint de retourner en province, le théâtre de Rouen profita de cette bonne fortune, et ce n'est qu'en 1836 qu'il vint se ranger sous la bannière de

M. Crosnier. Les principaux rôles qu'Honoré Grignon a créés à l'Opéra-Comique, et qui lui ont valu sa réputation, sont : l'Anglais du *Domino noir*, le Planteur dans l'opéra de ce nom, Mathanasius dans *Zanetta*, Martin de Xiména dans *le Guitarrero*, Rolland dans *le Panier Fleuri*, etc., etc.

HENRI.

Reçu au Conservatoire de musique en 1821, et après avoir étudié son art sous MM. Baptiste aîné et Ponchard, Henri est entré au théâtre de l'Opéra-Comique en juin 1822. Son zèle, son assiduité à remplir ses devoirs lui ont concilié la faveur du public et des auteurs. Soixante rôles créés par lui avec bonheur en sont la preuve évidente. Henri est aujourd'hui une des plus solides colonnes du théâtre, et M. Crosnier, l'habile directeur, a su s'attacher cet artiste jusqu'à la fin de son privilége. Henri n'est pas seulement le joyeux acteur de l'Opéra-Comique, il est encore membre du comité de l'Association des artistes dramatiques, membre fondateur de la Société des concerts du Conservatoire, et secrétaire du comité de la caisse de prévoyance de cette société. Enfin, partout où il est besoin de dévouement, on est sûr de rencontrer cet artiste, qui jouit de l'estime et de l'affection de tous ceux qui le connaissent.

Mlle HENRI.

Mademoiselle Clarisse Henri, née à Paris le 7 avril 1822, suivit les classes du Conservatoire où son père était professeur de basson, et fut elle-même nommée professeur adjoint de la classe de M. Bordogni. Mademoiselle Henri, qui possède comme musicienne et cantatrice un talent de premier ordre, est plus connue dans les salons qu'au théâtre où elle a rarement l'occasion de se faire applaudir. Son début à l'Opéra-Comique, qui eut lieu le 30 octobre 1840 dans *la Double-Echelle*, par le rôle qu'avait créé si habilement mademoiselle Prévost, fut cependant un début remarquable.

LAGET.

Laget est né à Toulouse le 29 juin 1822. Il fut reçu enfant de chœur à la maîtrise de cette ville, le 25 novembre 1830. Il étudia tour à tour le violon, le violoncelle, fit partie de l'orchestre du grand théâtre de Toulouse, qu'il quitta en 1837 pour se livrer à l'étude du chant, d'après les conseils de M. Lassave, correspondant du Conservatoire de Paris, où il fut reçu le 24 juin 1839. Au concours de 1841, Laget a remporté un second prix de chant et de déclamation lyrique. Ses débuts à l'Opéra-Comique ont eu lieu le 26 octobre de la même année dans l'opéra de M. A. Adam, *la Main de fer*. Sa voix fraîche, délicieusement timbrée, et qu'il conduit en habile musicien, fait concevoir de belles espérances. — Depuis ses débuts, Laget s'est montré avec avantage dans *Joconde*, *Frère et Mari* et *le Chalet*.

Mᵐᵉ LESTAGE.

Madame Clara Lestage est élève du Conservatoire, d'où elle sortit fort jeune pour aller en province jouer avec succès les rôles de seconde chanteuse. Appelée au théâtre royal de l'Opéra-Comique en 1823, elle a su se faire remarquer par des qualités dignes d'un plus haut rang. La manière dont elle a joué Reine des *Rendez-vous bourgeois* et l'Abbesse des *Visitandines*, nous fait penser qu'un théâtre de vaudeville tirerait grand parti de cette actrice dans l'emploi des caractères et des duègnes.

Mme LUGUET.

Cette artiste jouit en province d'une réputation méritée ; elle débuta à l'Opéra-Comique en mai 1841, par le rôle de Bochetta dans *Polichinelle*, joué avec tant d'originalité par madame Boulanger. — Depuis, madame Luguet a créé celui de la tante dans l'*Ingénu*, de M. Collet, et celui de l'aïeule dans l'opéra d'A. Boïeldieu, qui l'ont placée favorablement dans l'opinion du public de Favart.

MASSET.

Nicolas-Jean-Jacques Masset est né à Liége le 27 janvier 1811. Son père, passionné pour la musique, lui fit donner des leçons et ne tarda pas à l'envoyer au Conservatoire de musique de Paris, où il remporta un second prix de violon. Tour à tour *alto*, attaché à l'orchestre de l'Opéra et chef de celui du théâtre des Variétés, Masset, qui possédait une délicieuse voix de ténor, fut entendu à l'Opéra et à l'Opéra-Comique, qui se l'attacha. Cet artiste a débuté brillamment, le 19 septembre 1839, dans *la Reine d'un jour*, opéra d'A. Adam, par le rôle de Marcel. Les succès de Masset ont toujours été en augmentant, et tout Paris a voulu l'applaudir dans le rôle de Blondel de *Richard Cœur-de-Lion*, qui n'avait jamais été si bien chanté. Masset n'est pas seulement un interprète excellent, c'est encore un compositeur très distingué, connu déjà par de nombreuses mélodies. On assure même qu'il travaille à la musique d'un opéra nouveau. Nous l'engageons, dans son intérêt comme dans celui de nos plaisirs, à s'y donner un rôle : il aura ainsi une double chance de succès.

MOCKER.

Ernest Mocker, né à Lyon, le 16 juin 1811, était

destiné à l'état ecclésiastique. Il suivit à Paris les cours de musique religieuse de Choron ; mais alors, sentant sa vocation d'artiste, il entra, en 1828, dans la Société des concerts comme instrumentiste, et un peu plus tard à l'orchestre de l'Opéra. Mais cependant il ne négligeait point l'étude du chant, et, franchissant bientôt la distance qui le séparait de la scène, il débutait à l'Opéra-Comique le 13 août 1830. Malheureusement la situation de cette administration était alors peu favorable, et la chute de son directeur, M. Laurent, l'obligea de contracter un engagement en province dans son emploi de baryton. Du Havre, où il passa un an, Mocker se rendit à La Haye, puis à Toulouse, où il resta cinq ans. Enfin, le 14 juin 1839, il faisait sa rentrée à l'Opéra-Comique en créant dans *Polichinelle* le rôle de Lœlio que les auteurs lui avaient envoyé à Toulouse. Cette rentrée fut brillante, et la faveur publique dont Mocker devint aussitôt l'objet ne s'est pas démentie depuis. L'avenir est encore long pour lui, et tout fait présager qu'il sera brillant.

MOREAU - SAINTI.

Ancien élève du Conservatoire, Moreau-Sainti a tenu pendant plusieurs années dans les grandes villes de France l'emploi de premier ténor, et sur les theâtres de Rouen, Bordeaux, Bruxelles, Lyon, etc., où il chantait et jouait avec les mêmes avantages l'opéra-comique et le grand opéra, il obtint de constants succès et se fit une réputation qui ne tarda pas à lui ouvrir les portes du théâtre royal de l'Opéra-Comique. En 1829, Boïeldieu lui confia un rôle important dans son bel opéra des *Deux Nuits*, où sa manière vive, gaie et légère lui valut tous les suffrages. La fermeture de l'Opéra-Comique, en 1831, obligea de nouveau Moreau-Sainti de retourner en province. Il parcourut le midi de la France, y donna de nombreuses représentations, et obtint partout de grands succès. De retour à Paris en 1836, il rentra à l'Opéra-Comique et y créa un emploi qui fait suite à celui que jouait Gavaudan. Comédien de bon goût, il s'est fait remarquer dans ces derniers temps par son élégante distinction dans *le Domino Noir*, *l'Ambassadrice*, l'Ambassadeur du *Guitarrero*, le Marquis des *Deux Voleurs*, etc., etc. Moreau-Sainti est sans contredit du très petit nombre des comédiens qui conservent les excellentes traditions; aussi nous empressons-nous de signaler son cours de déclamation lyrique, qui obtient un légitime succès et dont les résultats sont fort avantageux pour l'art dramatique. Masset, si sémillant dans *la Dame Blanche*, si chaleureux dans *Richard*, Sainte-Foy, Grard, Laget, mesdames Rossi, Rouvroy, sont là pour attester ce que peuvent les conseils bien entendus de leur habile professeur.

PALIANTI.

En 1834, quelques artistes de l'Opéra-Comique donnèrent sur le théâtre de Versailles, au bénéfice de leur camarade Thénar, une représentation composée de *la Marquise* et du *Barbier de Séville*, opéras. Dans ce dernier ouvrage, Louis Palianti remplissait le rôle de *Bartholo*. Le lendemain, M. Crosnier était instruit par M. Génot, chef du chant, des services que Palianti pouvait rendre à l'Opéra-Comique, et, un an après, à la fin de son engagement à Versailles, il entrait au théâtre de la Bourse comme régisseur et comme acteur en seconde ligne, c'est-à-dire sans emploi bien distinct. Palianti, apprécié de la direction et des artistes comme régisseur, saisit toutes les occasions de se rendre utile comme artiste, et, à côté de rôles très inférieurs, il a trouvé l'occasion de se faire remarquer dans ceux de Fortunatus de *l'Ambassadrice*, de Gil Pérez du *Domino Noir*, de Finolo de *la Mantille*, etc., etc. Palianti, qui s'occupe beaucoup de théâtre, est auteur d'un recueil de mises en scène qui rend un grand service à l'art dramatique en province. Ce recueil, qui compte déjà trois volumes, a valu à son fondateur les éloges de MM. les auteurs et compositeurs. — Palianti espère sous peu ouvrir une plus grande voie à son travail, et pour cela il compte sur le concours et l'appui de la commission des auteurs dramatiques, et sur celui du ministère.

Mlle PREVOST.

Mademoiselle Zoé Prevost est née dans les premières années de ce siècle. Élève du Conservatoire de musique de Paris, elle y suivit les leçons de M. Ponchard. Le 17 février 1821, mademoiselle Prevost débutait avec succès à l'Opéra-Comique par le rôle de Lucette de *la Fausse Magie*. Plus tard, dans *Marie*, opéra d'Hérold (1826), elle montra un goût si sûr, une sensibilité si exquise et des moyens d'une si belle étendue, qu'elle put revendiquer une partie du succès de l'ouvrage. Tour à tour naïve et fine, pleine de rondeur et d'esprit, elle a nuancé d'une manière ravissante le rôle de Madeleine dans *le Postillon de Longjumeau*; le personnage d'Effie dans *le Brasseur de Preston*, ne lui fait pas moins d'honneur. — Mademoiselle Prevost, après une année d'absence de l'Opéra-Comique, vient d'y rentrer (le 18 mai 1842) par le rôle de la Comtesse dans *Jeannot et Colin* : elle a retrouvé dans le public la même bienveillance et le même engouement. — Mademoiselle Prevost est sœur d'un compositeur distingué, auteur de *Cosimo* et des *Pontons de Cadix*. Elle appartient à une excellente famille, et on la cite dans le monde pour son bon ton et les agréments de son esprit.

Mlle REVILLY.

Née à Lyon le 5 octobre 1823, son père, quoique lui-même artiste mime au grand théâtre, ne la destinait pas à la carrière dramatique. Mais Adolphe Nourrit, étant venu donner des représentations à Lyon, entendit mademoiselle Hermance Révilly, lui conseilla de se livrer à l'étude du chant, et ce célèbre artiste voulut même lui donner quelques leçons. Mademoiselle Révilly commença donc à étudier, sans cependant se fixer encore au théâtre. Ce n'est qu'en 1838, qu'ayant eu le malheur de perdre son père, elle se décida à entrer au Conservatoire de musique où elle suivit pendant deux ans la classe de M. Ponchard. Son travail assidu lui valut enfin les premiers prix de chant et d'opéra-comique, et le 10 décembre 1840 mademoiselle Révilly débuta à la salle Favart par le rôle de Marie dans *la Fille du Régiment*, où son jeu à la fois ferme, hardi, piquant, plein de grâce et de sensibilité lui valut les applaudissements du véritable public.

RICQUIER.

Après avoir occupé un grade supérieur dans l'armée impériale, Achille Ricquier, dont presque toute la famille est au théâtre, y entra lui-même à Bordeaux vers la fin de 1815. Deux ans de succès dans cette ville lui valurent sa nomination de directeur gérant des théâtres royaux de La Haye et d'Amsterdam, où il était aussi, comme acteur, fort aimé du public. Rentré en France, il joua successivement au Havre, puis à Lille, en qualité de premier comique de la comédie et de l'opéra. De cette ville où il a joui pendant dix ans de la faveur d'un public éclairé, M. Crosnier l'appela à Paris pour y remplir son emploi, et le succès le plus complet a couronné la dernière tentative de cet acteur justement estimé. Ricquier a débuté sur le théâtre royal de l'Opéra-Comique le 5 mai 1835, dans le rôle de M. de Marcé d'*Une Heure de Mariage*. Depuis cette époque, il a créé une foule de rôles où percent son originalité, sa verve entraînante et un comique de bon aloi.

ROGER.

Petit-fils de Corse, l'un des fondateurs de l'Ambigu-Comique, Roger est né à Paris le 17 décembre 1815. Son tuteur voulut lui faire étudier le droit, mais une vocation irrésistible le poussait vers le théâtre ; au lieu d'aller chez son avoué, il jouait le vaudeville à la salle Chantereine, et pour ne plus griffonner les actes, les grosses, la procédure et le papier timbré, il entra au Conservatoire où il suivit les classes de Martin et de M. Morin. — Roger a débuté à l'Opéra-Comique, le 16 février 1838, dans le rôle de Georges de *l'Eclair*. Une voix pure et de belle étendue, une excellente méthode, un grand sentiment musical, un jeu très convenable, et, ce qui ne gâte rien, une jolie figure et un physique très heureux, valurent de suite à Roger de remarquables succès. Roger est mêlé d'une manière très active au nouveau et à l'ancien répertoire de l'Opéra-Comique. Il y a créé tour à tour des rôles importants dans *le Perruquier de la Régence*, *la Figurante*, *Régine*, *le Schériff*, *le Guitarrero*, *Eva*, *l'Aïeule*, rôles qui lui ont mérité une brillante réputation ainsi que ceux du *Domino noir*, de *la Neige*, de *l'Estocq* et de *Richard Cœur-de-Lion* qu'il a repris. Roger doit être pour le théâtre Favart le plus précieux des sujets.

Mᵐᵉ ROSSI-CACCIA.

Mademoiselle Rossi (Juana) est née à Barcelonne, le 17 décembre 1818. Elle avait à peine deux ans lorsqu'elle vint à Paris avec sa mère (madame Rossi, longtemps attachée à notre théâtre italien). Elève de madame Dalmani-Naldi et du célèbre professeur Bordogni, mademoiselle Rossi débuta à l'Opéra-Comique le 10 août 1836, par les rôles d'Anna dans *la Dame Blanche*, d'Isabelle du *Pré-aux-Clercs*, etc. Elle créa bientôt les rôles qui tous devaient contribuer à lui mériter sa brillante réputation. Citons donc *les Pontons de Cadix*, *l'An Mil*, *le Fidèle Berger*, *Piquillo*, *Marguerite*, *la Figurante*, *Thérèse*, *Régine*, *Polichinelle*, *le Schériff*, *la Symphonie* et *Zanetta*. Après tant de succès, il ne manquait plus à la renommée de mademoiselle Rossi que la consécration des bravos de l'Italie. Elle quitta donc momentanément Paris, et le 10 novembre elle débutait à Milan, sur le théâtre de la Scala, par le rôle d'Imogène de *Il Pirata*. Son triomphe fut prodigieux. Elle ne revint pas seule de Milan, où elle épousa un sculpteur très distingué nommé Caccia ; et, rentrée à l'Opéra-Comique, madame Caccia a continué la brillante réputation de mademoiselle Rossi.

Mˡˡᵉ ROUVROY.

Mademoiselle Louise de Rouvroy, née à Lille, le 19 août 1824, cultivait la musique comme art d'agrément ; mais un soir, au sortir du théâtre de Lille où elle venait d'entendre chanter *Robert-le-Diable*, sa vocation se déclara. Elle fut admise au Conservatoire de sa ville natale, y reçut les leçons de M. Lavanne, et le 8 décembre 1841, le public de l'Opéra-Comique applaudissait une charmante petite

Nicette du *Pré-aux-Clercs*, sous les traits de mademoiselle Rouvroy.

SAINTE-FOY.

Sainte-Foy est né le 13 février 1817, à Vitry-le-Français. Il sortit du collège pour entrer, en 1836, au Conservatoire, où il suivit les classes de MM. Garaudé et Panseron pour la musique, et de M. Morin pour la déclamation. Sainte-Foy doit nécessairement se faire un nom dans l'emploi des Trial, Moreau, Féréol, qu'il remplit à l'Opéra-Comique depuis le mois de mai 1840. Le retour vers l'ancien répertoire, dont nous félicitons l'administration, ne peut manquer d'exercer une heureuse influence sur la position que Sainte-Foy a déjà su conquérir en jouant tour à tour avec talent *la Dame Blanche*, *Camille* et le *Pré-aux-Clercs*.

VICTOR.

Victor ne tient pas à l'Opéra-Comique un emploi bien distinct ; mais, soit qu'il crée un rôle, la plupart du temps très ingrat, soit qu'il double des rôles sérieux ou comiques, Victor s'acquitte toujours de cette tâche difficile en comédien expérimenté et en homme d'esprit. Cet artiste, qui à force d'économies avait amassé un petit bien-être en province, où il jouissait d'une réputation légitimement acquise dans l'emploi de baryton, s'est vu enlever en un instant par un débiteur en faillite le fruit de quinze années de travaux.

THÉATRE ROYAL ITALIEN.

(Salle Ventadour.)

Ce théâtre, rendez-vous de la plus brillante société de Paris, ferme ses portes quand son public quitte la ville pour les champs; mais au premier froid, après les vendanges, le foyer se ranime, et, revenus d'Angleterre où ils vont passer la saison d'été, les grands artistes qui faisaient retentir la salle d'applaudissements frénétiques, les Tamburini, Lablache, Grisi, Persiani, Albertazzi, etc., reviennent faire leur provision de *bravi* et de *brave*, car il est à remarquer que le Théâtre-Italien est le seul théâtre de Paris où le public se donne la peine de manifester *lui-même* son enthousiasme. — Nous reparlerons de ce théâtre dans notre édition d'hiver.

SECOND THÉATRE-FRANÇAIS

(THÉATRE ROYAL DE L'ODÉON).

(Faubourg Saint-Germain, près du Luxembourg.)

Administration.

Directeur, M. A. LIREUX. — Administrateur, M. L. MONROSE.
Régisseur général, M. E. GROSS. — Régisseur, M. BOILEAU.

Prix des places.

	fr.	c.
Avant-scènes des baignoires.	5	»
Balcon.	4	»
Premières loges fermées.	3	50
Premières loges découvertes.	5	»
Deuxièmes loges fermées.	2	50
Deuxièmes loges découvertes, baignoires et stalles d'orch.	2	»
Troisièmes loges découvertes.	1	50
Troisièmes loges fermées et parterre.	1	25
Quatrièmes loges.	1	»

Ce théâtre est sans contredit celui de tout Paris qui

a subi le plus de catastrophes. La dynastie de ses directeurs serait plus étendue que celle des rois de bien des empires; et, pour écrire l'histoire de ses révolutions, je ne sais si la plume d'un Vertot y suffirait. J'abrége donc. — Monsieur, frère du roi, qui devait habiter le Luxembourg, désirant que le Théâtre-Français fût placé près de son palais, fit construire une salle à ses frais, d'après les dessins de MM. Peyre et de Wailly, sur l'emplacement de l'ancien hôtel de Condé, et le 9 avril 1782 on en fit l'ouverture par une pièce d'Imbert intitulée : *l'Inauguration du Théâtre-Français* et *l'Iphigénie* de Racine. Grande était la magnificence architecturale, et la troupe répondait à cet éclat. Préville, Brizard, Molé, Dugazon, Dazincourt, Fleury, Saint-Prix, mesdames Bellecourt, Préville, Raucourt, Contat, Thénard y jouaient devant la plus brillante société de Paris !... — En 1789, il prit le titre de Théâtre de la Nation, et ferma sous le régime de la terreur, le 3 septembre 1793. — En 1794, mademoiselle Montansier y établit sa troupe, et le titre de Théâtre de l'Égalité, *section Marat*, ne l'empêcha pas de tomber. Les catastrophes redoublèrent. Devenu théâtre de l'*Odéon*, quand tout prenait en France une physionomie et une appellation grecques, il se traîna de chute en chute jusqu'en 1799, où un incendie le consuma le 17 mars, après la première représentation de l'*Envieux*, comédie de Dorvo. — Napoléon, qui releva tant de ruines, rendit la vie à l'Odéon, et le 15 juin 1808, les comédiens ordinaires de S. M. l'impératrice en firent l'ouverture, sous l'auguste protection de la bonne Joséphine. — Une ordonnance du 2 novembre 1815 conféra à l'Odéon le titre de théâtre royal, et en fit un annexe de la Comédie-Française. Un peu de prospérité semblait lui être promise sous l'administration de Picard, quand un second incendie dévora la salle le 20 mars 1818. — Le 30 septembre de l'année suivante, renonçant à son nom grec, il rouvrit sous celui de Second Théâtre-Français, qu'il quitta et reprit selon le caprice des nombreux directeurs qui s'y succédèrent. On y joua tour à tour l'ancien répertoire, le drame moderne, la comédie à tableaux, l'opéra à musique étrangère, le vaudeville, l'opéra-comique; les ac-

teurs des différents théâtres de Paris y donnèrent successivement des représentations ; l'opéra italien y étala
quelque temps son luxe de velours et de troupe à cheval, puis après... le néant. — Enfin, le 28 septembre 1841,
un nouveau privilége fut conféré à M. d'Épagny, écrivain
plein de talent, mais peu administrateur, et ce malheureux théâtre allait enregistrer sa vingtième chute, quand
M. Auguste Lireux fut appelé à le diriger. Et cependant,
peut-on lui présager une longue existence? Tout le talent
d'un directeur dévoué, le désintéressement de vingt
jeunes gens plein d'intelligence et de bon vouloir qui
luttent courageusement depuis six mois, sans que rien
leur soit venu en aide, l'appui de la presse, les vœux
des vrais amis de l'art, rien enfin ne peut le sauver, si
une subvention ne vient fertiliser cette pépinière
de talents naissants, cette arène où se produiront tant
d'écrivains inconnus, pour qui le Second Théâtre-Français serait un musée dramatique, une exposition publique
des produits de l'esprit, où l'on verrait au milieu de
vingt médiocrités une bonne page qui empêcherait de
désespérer de l'avenir.

ARTISTES.

ALFRED BARON.

Voici un artiste dans toute l'acception du mot.
Après avoir applaudi ce jeune homme au théâtre,
il faut l'admirer dans son atelier. Baron est auteur
et sculpteur, et les portraits de Rachel, de Samson,
de Beauvalet, du peintre Traviès, sont des chefs-
d'œuvre de ressemblance. Baron est très jeune et
promet de devenir un acteur de mérite.

Mlle BERTHAULT.

Transfuge de l'Opéra-Comique où elle a laissé de
beaux souvenirs, mademoiselle Berthault a porté à
l'Odéon son jeu fin, enjoué, sa gentillesse piquante

et agaçante qui conviennent parfaitement à l'emploi de soubrette où elle est fort applaudie.

BIGNON.

Voici un jeune homme dont le début a été *un envoyé armé de pied en cap*, dans *Mathieu Luc*; Bignon n'avait qu'une lettre à lire... et si cette pièce eût vécu plus longtemps, Bignon succombait sous le poids de son armure. On aurait voulu lui voir jouer le rôle du paysan Mathieu, qui demandait une puissance de moyens qu'il possède. — Bignon a depuis marché à pas de géant. Bergmor, le vieux Norvégien de *Cédric*, le Conspirateur des *Enfants blancs*, Fontanarès l'inventeur, dans la comédie de M. de Balzac, sont des créations qui l'ont posé parmi les comédiens de talent de ce théâtre.

BOUCHET.

Acteur intelligent et studieux, Bouchet a été longtemps pensionnaire de la Comédie-Française; il est engagé depuis peu comme premier rôle au Second Théâtre-Français, où il a déjà eu l'occasion de se faire applaudir dans les rôles de Néron et de Polyphonte, à côté de mademoiselle Georges.

CRÉCY.

Cet artiste joue les raisonneurs et les seconds premiers rôles avec beaucoup de distinction. Servilius de *Manlius* et le rôle de Cromwell dans le *Comte de Bristol*, lui ont assigné une place avantageuse à ce théâtre.

DÉROSSELLE.

Il joue les pères et les grimes, et rappelle souvent Duparai, dont il a la vérité et l'aisance. C'est plus qu'un homme de talent, c'est un artiste de conscience.

Mme DOLIGNY.

Madame Doligny, qui joue les coquettes, a le physique de l'emploi. Avec un talent fort remarquable, elle possède des manières très distinguées et un goût parfait, ce qui ne l'empêche pas d'être quelquefois une soubrette très piquante.

EUGÈNE GROSS.

Outre son emploi de régisseur, où les auteurs et ses camarades rendent justice à ses manières affables et convenables pour tous, il a le privilége de bien jouer les mauvais rôles. C'est du talent.

Mlle GEORGES.

A seize ans, en 1802, mademoiselle Georges débutait au Théâtre-Français dans *Iphigénie en Aulide*. Elle était belle dans toute l'acception du mot ; sa figure réunissait aux grâces françaises la régularité et la noblesse des formes grecques. Quarante années se sont écoulées depuis ses débuts, années de gloire, de combats, de souffrances, de dégoûts ; passant du noble alexandrin à la prose boursouflée et redondante, d'Aménaïde à la Nonne sanglante, de la rue de Richelieu aux boulevards ; errante au hasard, beaucoup admirée, peu payée, vivant de cette vie d'artiste que le laurier ne met point à l'abri de la foudre !... Quarante années se sont écoulées, et mademoiselle Georges est encore belle, elle s'est retrempée au génie classique.

MILON.

C'est encore un ex-pensionnaire du Théâtre-Français : il a de la jeunesse, de la bonne volonté, d'heureuses dispositions... De la confiance, et il arrivera.

LOUIS MONROSE.

Cet artiste a hérité des qualités de sa famille, et tout prouve qu'il ne fera pas tache à son nom. Il a l'entrain, la gaîté, l'esprit, le mordant de son père. D'heureuses créations l'ont placé au premier rang : telles que le rôle de Quinola dans la pièce si étrange de M. de Balzac, et celui de Léonard dans le *Voyage à Pontoise*, jolie comédie de MM. Alphonse Royer et Gustave Vaëz. — Pourquoi Monrose fils n'est-il pas resté au Théâtre-Français? Je laisse à d'autres le soin de répondre, je ne veux qu'interroger. Son talent était-il mal à l'aise auprès de celui de son père? Etait-il comme ces enfants qui ne peuvent marcher que quand ils ne sentent plus les lisières? Y avait-il prévention de la part du public ou défaut de tact chez les sociétaires?... — N'y aurait-il pas un peu de tout cela?

Mᵐᵉ PEYRE.

Cette actrice agréable, qui tient avec distinction l'emploi des premiers rôles, est une femme de bon ton, qui possède une diction parfaite et une grande habitude de la scène.

ROSAMBEAU.

Voici un artiste étrange, dont la vie a été aussi orageuse que celle de Kean et de Frédérick-Lemaître, dont il a eu quelquefois le talent ; et cependant, quel résultat!... Rosambeau vaut mieux que sa réputation privée. On a lu ou entendu raconter mille anecdotes drolatiques sur son compte : l'histoire des bas de soie avec du cirage, le monstre avec des plumes et du vert mitis, l'aventure du grand canard, à Nancy ; eh bien! tout cela est controuvé. Rosambeau a toujours été un homme insouciant de l'avenir, oublieux du passé ; il n'a pas réfléchi, il n'a pas compté ; il a vécu au jour le jour, sans s'inquiéter du lendemain, sans se souvenir de la veille ; il a tout dépensé, et des souvenirs seuls lui restent pour répondre aux exigences de l'inflexible positif. Puisse l'Odéon rester debout ! Rosambeau aura enfin trouvé ses invalides.

SAINT-LÉON.

Saint-Léon, premier rôle, s'est fait remarquer à côté de Monrose, dans un vieux Capitaine du *Mari malgré lui;* et dans *les Philanthropes*, il joue très bien le rôle principal.

Mlle TILLY.

Elle a du mordant, de la vivacité, de l'entraînement ; seulement on peut lui reprocher de dépasser quelquefois le but en voulant frapper trop fort.

VALMORE.

Valmore était régisseur de ce théâtre lorsque les comédiens du roi le desservaient. C'est un artiste de la vieille école, qui joue aujourd'hui avec beaucoup de distinction les pères nobles. Robert Durham, de la comédie *Un jeune Homme*, est une de ses belles créations. — Valmore est le mari de madame Desbordes-Valmore, le poëte gracieux auquel nous devons de si jolis chefs-d'œuvre.

L'espace ne nous permet pas de parler de tout le monde, et cependant nous nommerons encore avec plaisir MIRECOURT, qui joue les valets avec succès, Eug. PIERRON, Robert KEMP, amoureux aux manières distinguées, ROUSSET et BARRÉ, comiques vrais et naturels à qui nous consacrerons un article quand leurs noms, comme ceux de bien d'autres sujets de ce théâtre, seront plus connus du public.

THÉATRE DU VAUDEVILLE.

(Place de la Bourse.)

Administration.

Directeur, M. TRUBERT.— Directeur de la scène, M. VIZENTINI. — Secrétaire gén., M. COCQ. — Contrôleur gén., M. GEORGES.

Prix des places.

Avant-scènes du rez-de-chaussée et de la galerie, 6 fr. — Stalles d'orchestre, Stalles de balcon, Loges de la galerie, Avant-scènes des prem. et Loges fermées du rez-de chauss. de face, 5 fr. — Loges d'avant-scène des deux., 4 fr. 50.—Stalles de la galerie, Baignoires de côté, 4 fr.—Deuxièmes loges, 3 fr. 50.—Balcon, 3 fr.—Deuxième balcon, Parterre, 2 fr.—Deuxième galerie, 1 fr.

Le théâtre du Vaudeville s'installa d'abord rue de Chartres, dans une salle de spectacle bâtie sur l'emplacement du bal appelé le Wauxhall d'hiver, plus connu sous le nom de Petit Panthéon. L'ouverture eut lieu le 12 janvier 1792, sous la direction de MM. Barré, Monnier et Chambon, auxquels s'adjoignirent Rosières et Piis. C'est là que prit naissance ce genre qui depuis a reçu tant d'extension, ce gai refrain fredonné partout, que chacun apprend en naissant, et que les plus graves personnages répètent de tradition. — En 1838, le 18 juillet, un incendie détruisit totalement le berceau du vaudeville, la salle construite par Lenoir. Les comédiens obtinrent alors la permission de jouer sur le boulevard Bonne-Nouvelle, en attendant l'époque fixée pour prendre possession de la salle bâtie place de la Bourse pour le théâtre des Nouveautés et occupée alors par l'Opéra-Comique. — Depuis cinquante ans que *le Français né malin créa le Vaudeville*, on y a traité en chansons, *en y corrigeant les mœurs en riant*, comme c'est convenu, toutes nos phases historiques ; et Favart, Laujon, Barré, Piis, Radet, Ségur, Désaugiers ont trouvé tant de spirituels successeurs, que le Vaudeville peut se fier sur l'avenir et célébrer gaîment sa cinquantaine : le public ne lui fera jamais défaut.

ARTISTES.

AMANT est un comique qui tient fort bien son emploi à côté des gros bonnets de l'endroit ; il est surtout très drôle dans son rôle de M. de Rapinière des *Mémoires du Diable.*

ARNAL nous apprend lui-même qu'il est fils d'un épicier, qu'il fut soldat du roi de Rome, et qu'enfin, pour vivre, il se fit boutonnier. Cette biographie toute prosaïque est pourtant des plus rimées, car Arnal n'emploie que le langage des dieux. On y voit aussi qu'il commença sa carrière dramatique chez Doyen, où il passa sans transition du rôle de *Mithridate* à celui de *Jocrisse corrigé.* Entré aux Variétés, s'il s'y fit peu remarquer, il remarqua beaucoup les grands talents qu'il avait sous les yeux, les étudia, et à force de travail, et d'un travail opiniâtre et sérieux, il est parvenu au comique le plus original. Arnal a grandi tout doucement au Vaudeville, où, depuis longtemps il provoque, il excite, il commande un rire désordonné, dans des rôles faits pour lui, taillés sur lui-même, et dans lesquels l'auteur, profitant de la spirituelle coopération de l'acteur, ne manque pas de laisser de l'espace à son indépendance. — Arnal n'est pas seulement bon comédien, c'est aussi un poëte élégant ; son vers est facile, et l'*Epître à Bouffé,* bien versifiée, dénote encore un homme qui s'est constamment occupé de sa profession, et qui en parle avec conscience et érudition.

Mlle BALTHAZAR. Partout où vous verrez un mari... méconnu, vous chercherez le coupable, et ce coupable est assez souvent une jolie femme : si j'aime peu les effets, je ne fuis pas les causes, et mademoiselle Balthazar tient au Vaudeville l'emploi de ces causes. Que voulez-vous ? il fallait bien choisir pour cela une femme qui valût la peine de faire quelque chose pour M. Lepeintre jeune ou M. Leclère, et si je plains quelqu'un ce n'est pas le complice, mais bien la pauvre femme ainsi sacrifiée, car il faut du courage pour jouer tous les soirs des rôles semblables à celui que cette intelligente actrice remplit dans *Merovée*, et je crois qu'il y aurait de quoi dégoûter des maris ridicules et de l'ennui d'être obligé de les tromper.

BARDOU. C'est à Montpellier et dans les environs de cette jolie ville que Bardou fit ses premières armes dramatiques, après avoir abandonné son étude pour des rôles bien autrement importants. Il joua successivement la tragédie, l'opéra-comique, voire même l'opéra-buffa, et finit par arriver à Paris, où le Vaudeville devait fixer son talent. *Manche à Manche*, *les Trois Etoiles*, *Un Secret*, *Passé Minuit* nous montrent son intelligence et son tact parfait, et surtout une originalité des plus gaies et des plus amusantes. Dans *les Mémoires du Diable*, Bardou n'a que deux mots à dire, *oui* et *non;* mais ces deux mots, répétés par lui pendant deux actes, avec toutes les inflexions de sa voix, que modifient les péripéties de ce rôle si pathétique et si plaisant, suffisent pour le placer au premier rang.

M{^lle} BROHAN commença, comme tant d'autres, sa carrière dramatique au Conservatoire, dans la classe de Michelot, et débuta à l'Odéon, en 1823, dans le rôle de Dorine du *Tartufe*. Elle avait alors seize ans! Débordée par l'opéra qui avait réussi à l'Odéon, mademoiselle Brohan accepta un engagement pour Rouen, véritable second Théâtre-Français alors : ses succès furent très grands. En 1827, elle revint à l'Odéon; mais sa santé ne lui permettant pas de résister plus longtemps aux fatigues d'un répertoire composé de pièces en cinq actes, elle entra au Vaudeville, où elle créa des rôles avec une verve et une

gaîté pleine de distinction. En 1835, elle céda aux
instances de M. Jousslin de la Salle, directeur de la
Comédie-Française ; mais après avoir recueilli des
applaudissements toujours mérités, elle voulut encore prendre du repos et quitta définitivement la
comédie pour le vaudeville, genre qui la fatiguait
beaucoup moins. C'est alors qu'elle créa les trois rôles de *Pierre le Rouge*, où elle fit preuve d'une si
haute portée et d'un comique si charmant. — Mademoiselle Brohan n'est pas seulement une excellente
comédienne, c'est aussi une femme du monde remplie d'esprit et de goût, et je ne peux résister au plaisir de citer un mot d'elle qui, dans un temps moins
enfumé que le nôtre, eût fait la réputation d'une jolie femme. Un homme à la mode lui disait un jour
avec fatuité : « Mademoiselle, faites-moi l'aumône
d'un baiser. — Je ne puis, lui répondit mademoiselle
Brohan avec sa grâce habituelle, j'ai mes pauvres. »
— Je remercie M. Merle, son biographe, de m'avoir
mis à même de citer cette repartie si heureuse.

Mme DOCHE. Je vous salue, Marie, pleine de
grâce (je parle de Marie des *Mémoires du Diable*),
dont la gentillesse et la distinction mettent à la dis-
position de votre sonnette tout ce que Paris renferme
de gens de bon goût qui aiment une jolie figure, un
maintien décent, de la naïveté et de la finesse tout à
la fois.

Mlle DUCY. Voilà une bien agaçante et gentille
personne que le petit rôle d'Estelle du *Secret de mon
oncle* suffisait pour placer avec avantage au Vaudeville ; mais après cet éloge vrai et tout-à-fait désin-
téressé, je hasarderai un reproche qu'elle pourra
prendre encore pour un éloge, celui de vouloir imiter mademoiselle Plessy. De grâce, mademoiselle,
soyez vous-même ; c'est assez pour vous et pour
nous.

Félix. Le Vaudeville avait fait une grande perte, Lafont n'était pas facile à remplacer... Félix est venu et il a vaincu ; désormais le vide est comblé. Aux agréments extérieurs, il joint une bonne diction, assurée, franche ; il a de la verve, de la finesse, de la grâce, et, ce qui est fort important dans son emploi, une tenue fort distinguée. Félix s'est élevé à une grande hauteur dans le rôle de Robin des *Mémoires du Diable :* c'est là sa plus belle création.

Ferville a débuté au théâtre Louvois par un concerto de violon. Avançant en grade, il entra comme surnuméraire à l'orchestre de la Comédie-Française où il exécutait chaque soir cette agréable musique que vous savez. C'est de là que Ferville s'élança sur la scène, et que pendant vingt ans il fit les délices de la province et de l'étranger. Le Gymnase nous a enfin montré cet acteur d'un naturel si vrai et d'une sensibilité si profonde dans cent rôles dont il a fait le succès. — Ferville (ou plutôt Veaucorbeille) est né à Rochefort en 1785. — Cet excellent comédien se repose un peu sur ses lauriers, et cependant, jeune encore pour son emploi, on aimerait à le revoir dans ses types si parfaits qui font école au théâtre.

Fontenay est un des plus anciens acteurs de la rue de Chartres, où il était il y a vingt ans ce qu'on le voit encore aujourd'hui, l'homme qui sait le mieux porter un costume, l'acteur infatigable qui donne à tous ses rôles un cachet de bonne compagnie, l'ancien régime personnifié, cet ancien régime de bons lieux dont les modèles foulaient les tapis de Versailles ou de Trianon.

Mlle **Fontenay** (Lise). Il y avait autrefois au Vaudeville une charmante actrice, rondelette, gaillarde, osant tout, disant le mot avec une naïveté malicieuse qui divertissait beaucoup : elle s'appelait Minette. Mademoiselle Fontenay en est une copie; je lui sais gré de m'avoir rappelé cette bonne Minette, je crains seulement qu'elle ne parvienne jamais à me la faire oublier.

Mme GUILLEMIN. Fille d'un acteur de la comédie italienne, mademoiselle Mengozzi était, à douze ans, une des élèves les plus distinguées de Dazincourt. Elle débuta à Louvois dans *l'Épreuve nouvelle*, et les journalistes du temps louèrent son talent précoce, sa jolie figure, sa taille élancée, sa forêt de blonds cheveux, etc. Mademoiselle Mengozzi partit un jour pour Naples, où elle trouva entre deux coulisses un beau jeune homme, nommé Guillemin, qui fut trop heureux de donner son nom à celle qui lui confiait ses dix-huit printemps. A la restauration, madame Guillemin quitta l'Italie et entra au second théâtre de Lyon, pour y jouer le vaudeville, jusqu'en 1819, qu'elle revint à Paris faire à madame Bra une rude concurrence; mais enfin celle-ci lui laissa le champ libre, et madame Guillemin devint bientôt ce qu'elle est encore aujourd'hui, la meilleure duègne de Paris, la plus comique des vieilles femmes et la plus amusante actrice du Vaudeville.

HIPPOLYTE. Mademoiselle Dupont, la bonne et charmante soubrette des Français, disait dans les *Préventions*, avec sa verve habituelle : « Ma foi! moi, je veux qu'un mari ait de la santé... » Je suis de son avis; aussi les amoureux Lafont, Félix, Germain et Hippolyte me paraissent fort confortables. — Ce dernier, que son embonpoint met ici en très bonne société, n'y est pas déplacé par son talent : c'est un acteur intelligent et capable.

LECLÈRE n'est pas depuis longtemps au Vaudeville, et déjà son nom figure dans presque toutes les pièces ; c'est que ce comédien, **plein de rondeur et de franchise**, joue d'une manière convenable les rôles qu'on lui confie, et qu'il sait qu'en se rendant utile à l'administration, le public lui tiendra compte de ses efforts. Il est très amusant dans le Desjobert du *Secret de mon oncle.*

Mᵐᵉ **LECOMTE**. C'est une bonne et ronde paysanne qu'on voit souvent, tantôt vieille, tantôt jeune, quoiqu'elle ne soit ni vieille ni jeune ; elle n'ajoute rien à la recette, mais elle a celle de n'y pas nuire, et, somme toute, c'est une bonne et utile personne.

LEPEINTRE jeune. Si l'administration monte un jour une pièce ayant pour titre *les Animaux peints par eux-mêmes,* personne ne pourra disputer à Lepeintre jeune le rôle de l'éléphant. C'est une masse qui roule sur le théâtre ; avec un peu d'attention on finit par y découvrir des jambes et des bras, et l'on m'assure qu'il possède des yeux, un nez et une bouche. Ce qu'il y a de bien certain, c'est que cet infatigable acteur ne fatigue personne, et qu'il pèse de tout le poids de son talent original dans la balance du caissier. — M. Hippolyte Rolle, son biographe, prétend que Lepeintre jeune a joué jadis les amoureux et les traîtres de mélodrame, et qu'alors il possedait une taille svelte, souple comme une branche de saule... Le fameux cèdre du Liban n'a-t-il pas été apporté dans un chapeau ? Je crois donc M. Rolle ; mais ce que j'aime surtout à répéter après lui comme une vérité bien vraie, c'est que Lepeintre jeune est d'un commerce agréable, plein de gaîté, de bonhomie, d'insouciance, et qu'avec un esprit peu ordinaire, il est cependant indulgent et bon camarade.

Mᵐᵉ **SAINT-MARC**. C'est une assez belle personne qui, comme mademoiselle Balthazar, joue des rôles de repentantes, de Madeleines dont on voit en une heure et la faute et la conversion, et que personne pourtant n'est disposé à envoyer au désert, à moins que ce ne soit un désert à deux.

TAIGNY *et* FEMME. Je ne dirai pas et compagnie, hélas! Mais qui pourrait offrir mieux à l'une, mieux à l'autre? Aussi je ne les désunis pas, et quand j'aurai dit Taigny a de la grâce, un ton excellent, un jeu fin, spirituel, enjoué, quand j'aurai parlé d'une tournure parfaite, d'une figure pleine de charme et d'expression, quand j'aurai ajouté que tout cela est animé par de l'âme et de la chaleur, de qui croyez-vous que j'aurai voulu parler? — De tous les deux. — Et vous avez raison, car ces deux charmants acteurs, ce ménage si parfait, si bien choisi, forme une société en commandite à laquelle le public ne fera jamais défaut, et qu'on ne voudrait pas voir l'un sans l'autre, fût-ce même *En pénitence*.

Mme THÉNARD. Un aveugle qui a du cœur et de l'esprit, du cœur pour aimer les femmes, de l'esprit pour les peindre, fait ainsi le portrait de madame Thénard : « C'est, dit-il, une suave silhouette, à l'organe pur, aux manières distinguées, à l'œil velouté, au talent gracieux… » Eh bien! je n'en veux pas rayer un seul mot, et je suis presque disposé à croire que Jacques Arago est un aveugle clairvoyant. — Ne l'oubliez pas, mesdames, pour l'amour de lui.

BERTON, CAMIADE, FRADELLE, LAFERRIÈRE, LUDOVIC, MUNIÉ, PHILIPPE. Je place ici par ordre alphabétique ces sept comédiens dont je dirais peu de chose en détail, non pas qu'ils n'aient chacun un mérite à part ; mais l'espace me manque, et du reste nous sommes gens de revue. Il en est parmi eux que j'aurai à signaler un jour ; du reste, ils complètent parfaitement l'ensemble de ce théâtre qui ne souffrirait pas de mauvais artistes.

THÉATRE DU GYMNASE-DRAMATIQUE.

(Boulevard Bonne-Nouvelle.)

Administration.

Directeur, M. POIRSON. — Administrateur, M. MAX CERFBEER. — Régisseur, M. MONVAL. — Secrétaire général, M. DÉBONNAIRE. — Caissier, M. LEEMANN.

Prix des places.

Avant-scènes, Balcons, Entresol, Loges fermées des premières, 5 fr.— Stalles d'orchestre (le premier banc excepté), Baignoires, 4 fr.— Premières loges, Deuxièmes loges, fermées, 2 fr. 25. — Premières galeries, 2 fr. 75. — Deuxièmes de côté, 1 fr. 75. — Deuxièmes galeries, Parterre, 1 fr. 25.

Le Gymnase, ouvert le 23 décembre 1820, sous la direction de M. de Delaroserie, avait un privilége dont il a peu joui, heureusement pour l'art, celui de réduire en un acte tous les ouvrages entrés dans le domaine public, et appartenant aux répertoires de la Comédie-Française et de l'Opéra-Comique : le Dépit amoureux et la Fée Urgèle, furent offerts au public dans ces proportions exiguës. Cela ne pouvait durer, et le théâtre était en danger de mort, quand M. Scribe vint à son aide. Il fut admirablement secondé par le talent naissant d'une charmante actrice, une enfant alors, Léontine Fay, dont tout Paris voulut applaudir la gentillesse. M. Poirson, le plus habile des administrateurs, avait remarqué au milieu de cette foule une princesse qui s'y montrait souvent et qui daignait s'y amuser; il vit de suite le parti qu'il pouvait tirer de cette faveur, et bientôt le fronton du Gymnase portait le nom de son auguste protectrice... Tout changea alors, le privilége s'étendit, et le Théâtre de Madame, devenu semi-royal, prit rang à la suite de l'Odéon. Perlet, Bernard-Léon, Gontier, Ferville, Paul, Numa, Legrand, Allan, Klein, Déjazet, Jenny Vertpré, Jenny Colon, Mmes Théodore, Julienne, Grévedon, Perrin, Dormeuil, Nadèje, Bérenger, etc., furent tour à tour les interprètes de

6.

MM. Scribe, Rougemont, Mélesville, Bayard, Théaulon, Carmouche, Courcy, Saintine, Vanderburch, G. Delavigne, Dumanoir, Cognard, et de tant d'autres dont les petites comédies mêlées de chant auraient pu prendre place sur une scène plus élevée, et y seraient restées au répertoire. C'était l'âge d'or... fi donc! le siècle *d'or* du théâtre Bonne-Nouvelle... Mais, hélas! l'heure avait sonné : 1830, l'inflexible, renversa de son grand bras nu ce petit reposoir mondain; il effaça le nom de la femme de plaisir entraînée dans l'avalanche politique; et cette révolution glorieuse, en effarouchant les colonels millionnaires et les oncles d'Amérique, laissa dans l'abandon cette pauvre scène éplorée, qui fut trop heureuse de se jeter dans les bras d'un *Gamin de Paris:* c'était justice que le *gamin* rendît au Gymnase l'éclat que d'autres lui avaient fait perdre. Bouffé, l'inimitable, l'acteur de la raison, de la folie, des larmes, sut, à force de talent, conquérir un nouveau public, et préserver le théâtre d'une chute que présageaient de cruelles défections; car M. Scribe, qui tressait alors sa couronne académique, négligeait ses petits portraits en miniature, ses tableaux de genre, pour de plus grandes toiles, et, quand tout se démocratisait autour de lui, rêvait une aristocratie nouvelle. Léontine Fay, devenue madame Volnys, abandonna, elle aussi, ses petits salons pour d'antiques lambris; jusqu'à ce qu'enfin, désillusionnée, elle revint au village, dans son ancienne famille, où elle est restée, entourée de ses vieux serviteurs, Klein, Numa, et la bonne Julienne.

ARTISTES.

BORDIER, un des plus anciens acteurs du Gymnase, y joua ce qu'on nomme au théâtre les utilités, rôles qui ne demandent pas un talent original et supérieur, mais une flexibilité qui tient de l'osier; et je connais plus d'un artiste qui, comme Bordier, sont l'abrégé de leurs camarades, le diminutif, le reflet, la réduction de tous, et à qui il n'a manqué dans la vie pour être quelque chose qu'une ferme résolution et de la constance.

BOUFFÉ (Marie), dont le nom restera dans les fastes du théâtre, est né le 4 septembre 1800. Son père était doreur sur bois, et il a exercé longtemps lui-même cette profession comme ouvrier. Encore enfant, Bouffé jouait la comédie en famille, entre deux paravents, et plus tard chez Doyen, sur cette scène bourgeoise qui vit les premiers essais de Huet, de Ligier, de Bocage, de Beauvalet, de Féréol, de Paul, d'Arnal, de mesdames Brohan, Paradol, Dussert, Fitzelier et de tant d'autres qui s'honorent tous d'avoir eu Bouffé pour camarade. A vingt-un ans, il fut engagé au Panorama-Dramatique, moyennant *trois cents* francs d'appointements par an; il est vrai que cette somme s'accrut vite; la seconde année il reçut douze cents francs et la troisième trois mille. Il commença par jouer le mélodrame, dansa dans les ballets, et ne dédaigna pas les utilités. Enfin le théâtre des Nouveautés ouvrit ses portes et Bouffé y fut engagé; c'est là que commence sa réputation, c'est là que *Caleb, Pierre le Couvreur, Sir Jack,* le jeune commis du *Marchand de la rue Saint-Denis* révélèrent ce talent si original, si varié, si profond, qui excite à la fois le rire et les larmes. A la fermeture des Nouveautés, M. Poirson ne laissa pas échapper cet homme prodigieux qui devait lui rester fidèle, et dont le talent fut d'un grand secours quand les mauvais jours du Gymnase furent venus. Le *Bouffon du Prince, les Vieux Péchés, le Gamin de Paris, Michel Perrin, la Fille de l'Avare* sont les plus étonnantes créations de Bouffé au Gymnase où chaque rôle nouveau est pour l'acteur un nouveau triomphe, pour le public un nouvel attrait.

DESCHAMPS (Julien) est un amoureux fort re-

marquable ; jeune , et doué de bonnes manières, le
théâtre du Gymnase est pour lui un salon où il entre avec aisance et tient sa place avec distinction.

Mlle HABENECK est trop jolie femme pour que
nous la chicanions sur quelques petits défauts dans
sa diction ; et l'oreille est sourde quand les yeux sont
satisfaits : en effet il faudrait les avoir de travers ,
ronds, gros ou fascinés, pour ne pas admirer la
beauté des cheveux et l'éclat de la peau de mademoiselle Habeneck. — Mais sous le rapport artistique... c'est une belle statue.

Mlle JULIENNE. J'ai connu une agaçante Marton,
une vive et piquante Lisette, une Dorine décolletée,
à fine taille , jambe et nez au vent ; eh bien ! cette
sémillante friponne s'appelait Julienne !... C'était
entre les deux grandes révolutions contemporaines,
quand Napoléon tenait l'Europe dans sa main. A la
Restauration , Mlle Julienne prit un embonpoint qui
ne fit que croître et s'arrondir sous trois gouver-
nements. La Dorine est devenue la meilleure tante,
la plus indulgente mère ; inimitable dans la Grand'-
mère du *Gamin de Paris*, dans la Mère de *la Fille
à Marier* dans *la Chanoinesse*, dans *les Vieux Péchés*, partout où l'auteur a voulu de la bonhomie,
de la sensibilité naïve, du cœur et du naturel.
Mlle Julienne est au Gymnase depuis 1824, et ceux
qui la connaissent ne l'appellent jamais autrement
que la bonne Julienne.

KLEIN est sans contredit un grand, un bien grand
comédien. Né à Paris, dans le quartier de Saint-
Méry, les marguilliers de cette église se rappellent
le petit Klein (comme si Klein avait jamais pu être
petit ? et voilà comme on écrit l'histoire !), affublé
d'une soutane et suivant dévotement le prêtre à
l'autel. Il apprit l'état d'horloger, et pour lui l'heure

du théâtre sonna bientôt. Baptiste Cadet le vit jouer à Monrouge, s'intéressa à lui, et lui ouvrit à douze ans les portes du Conservatoire, d'où il sortit pour entrer aux Jeux Gymniques, puis à l'Ambigu; c'est là qu'il grandit... en réputation; *la Femme à deux Maris*, *la Forêt périlleuse*, *le Siége du Clocher*, *Madame Angot* eurent deux cents représentations, et Klein y sécha bien des larmes. Dans *Thérèse*, mélodrame de Ducange, il se montra non-seulement le comique imperturbable, mais le comédien vrai et touchant. M. Poirson le tenta, et parvint à l'arracher à ses princesses persécutées, à ses tyrans fort peu délicats, pour venir remplacer Perlet; il ne réussit pas aussitôt que l'habile directeur l'avait pensé; il fallut à Klein des créations; mais un homme comme lui devait tout *atteindre*, calembourg à part. Dans ses derniers rôles de *miss Siddons*, des *Enfants de troupe*, du *Gamin de Paris*, du *Veau d'or*, de *Tiridate*, nous l'avons vu ce qu'il sera encore longtemps, un acteur vrai, original, tenant fort bien la scène où il déploie une intelligence peu commune. Je ne l'ai jamais vu qu'au théâtre, et cependant je gagerais que sa conversation est agréable et spirituelle.

LANDROL est un acteur de mérite, bon comédien, bon camarade, étranger à toutes ces misérables tracasseries de coulisses qui empoisonnent la vie de tant d'artistes distingués et leur font prendre en haine une profession qui devrait être aussi honorée qu'elle est honorable. Landrol s'est fait aimer partout, à Bordeaux, à la Renaissance, au Gymnase: cela ne prouve pas un grand talent, mais une heureuse médiocrité.

MONVAL est régisseur général du théâtre; c'est très bien, et je l'en félicite, car je n'ai jamais entendu dire que le public eût à s'en plaindre; il est aussi comédien, et sous ce rapport on n'a rien à

dire de mal ; il a même quelques rôles heureux, entre autres un dans *Michel Perrin*, où il est fort bien
placé.

Mlle NATHALIE est assurément une jolie femme,
un peu folle, un peu rieuse, surtout fort incendiaire ; mais bonne personne au fond, et plaignant
ceux qui sont venus se brûler au feu de ses yeux.
Elle est passablement gâtée du public qui l'encou-
rage toujours, soit qu'elle danse, chante ou mi-
naude ; et à tout prendre, ne les dérangeons pas
puisqu'ils sont contents l'un de l'autre, et que
nous-même, séducteur que nous sommes, nous lui
donnerions tout si elle consentait à nous accorder
quelque chose.

NUMA, ou plutôt Marc BESCHEFER, étudia la mé-
decine ; et bientôt il céda à sa vocation pour le
théâtre et alla s'établir à celui de Versailles où il
resta trois ans, Le Gymnase s'en empara et M. Scribe
lui fit des habits à sa taille. En effet le talent de
Numa ne se plie pas à l'imitation ; les rôles de Perlet qu'il joua d'abord perdirent de leur couleur, et
M. Poirson sentit que ce comédien ne serait jamais
un copiste comme tant d'autres. Aussi lui confia-
t-il tour à tour les principaux rôles dans *Rodolphe*,
la Demoiselle à marier, *l'Ambassadeur*, *les Mal-
heurs d'un amant heureux*, *Moiroud et compagnie*,
Bocquet père et fils, et dans vingt autres pièces où
il se montra un véritable artiste, plein d'aisance,
de sang-froid, gardant au milieu des péripéties les
plus gaies et les plus imprévues, un sérieux glacial
qui prolonge le rire et dénote le comédien sûr de lui
et qui ne compromet jamais son personnage.

RÉBARD a suivi une progression heureuse, laissant toujours des regrets derrière lui, aux Folies
Dramatiques où il secondait à merveille notre célé-

bre Frédérick-Lemaître, aux Variétés, où son physique était parfaitement encadré par ceux d'Odry
et de Vernet, au Gymnase, où il parvient à se faire
applaudir à côté de Bouffé.

Rhozeville. Encore un amoureux un peu transi,
un peu étique, et qui, sous le rapport de l'embonpoint, ne rappelle pas du tout Paul dont il joue cependant quelques rôles avec bonheur. Il est plus à
son aise dans ses créations et le public l'accueille
toujours bien, comme s'il le connaissait dans son in-
timité où il a de l'esprit et de l'entrain.

Romainville. C'est un acteur de mérite, dont la
physionomie est expressive, le débit très net, le regard communicatif. Toujours à son rôle, il sait con-
tinuellement écouter ses interlocuteurs, et sans cesse
occupé de son personnage, il est attentif aux moin-
dres détails, sans songer qu'il est sur un théâtre ; il
est difficile d'avoir plus de tenue et de naturel.

Sylvestre a commencé sa carrière à la banlieue ;
on l'a vu ensuite au théâtre des Variétés, qu'il a
quitté pour le Gymnase, où il tient l'emploi qu'oc-
cupait Legrand. — Les habitués de ce théâtre l'aiment beaucoup, et se laissent entraîner au bon et
franc rire qu'il provoque sans effort et par ses dons
naturels.

Tisserant, fils d'un jardinier de Meudon, n'était
nullement destiné au théâtre ; mais sa vocation l'y
porta. Après avoir parcouru la province dans des
troupes ambulantes, et s'y être fait remarquer, il
entra au Gymnase, où, dans plusieurs rôles, il
rappelle Gontier. Auteur de chansonnette, il fait va-
loir ses productions par une gaîté communicative.
Il vient de se marier, et a tout-à-fait, dit-on, renoncé
à sa vie de garçon pour se consacrer à l'étude et
aux douceurs du ménage : tant mieux pour sa fem-

me ; quant à nous, il n'a guère besoin d'études pour nous plaire : il n'a qu'à persévérer.

VOLNYS, dont le vrai nom est Charles JOLY, est fils d'un officier de la vieille armée. Destiné à la carrière des armes, il avait fait de sérieuses études au lycée Charlemagne, puis il était entré à Saint-Cyr d'où il devait prendre rang dans l'armée... Le hasard a fait le reste. Charles Joly abandonna tout à coup la carrière des armes pour prendre celle du théâtre, plus ingrate et plus dangereuse cent fois ; il débuta au Théâtre-Français en 1824, alla travailler en province, revint à Paris, débuta à l'Odéon avec peu de succès et entra aux Nouveautés où il prit le nom de sa mère pour se distinguer du célèbre Joly qui était déjà au même théâtre. Le Vaudeville, réuni aux Nouveautés, fit une large part au talent enfin déclaré de Volnys, qui, dans le drame historique, jouit d'une réputation justement acquise par de longues épreuves et des études consciencieuses de l'art. Au milieu de ce triomphe, il épousa la jolie et très célèbre Léontine Fay, et tous deux allèrent s'établir au Théâtre-Français. Une diction juste, une bonne tenue, une habitude du monde, rappelaient en lui la manière d'Armand. Il ne resta pas longtemps cependant à la Comédie-Française et suivit sa femme au Gymnase. Là ils firent une association plus étroite de talent, et dans une dernière création, le Roman intime, il déploya un abandon et une gaîté qu'on n'était pas accoutumé à trouver en lui. Enfin Volnys est un acteur fort recommandable, régulier, sévère, à qui l'époque et le public ont manqué.

Mᵐᵉ VOLNYS (Léontine Fay). En 1816, quand Léontine débuta sur le théâtre de Francfort dans Adolphe et Clara, Klein eût pu sans peine la mettre dans sa poche. Elle avait cinq ans ! Je ne la suis

pas au milieu de ses triomphes ; je la reprends à
Paris où la *petite Merveille* débute au Gymnase en
1821. *La Petite Sœur, le Mariage enfantin* firent
fureur. M. Fay, qui aspirait à un succès de famille,
organisa bientôt avec sa femme et ses autres enfants
une petite troupe, et parcourut la province. Enfin
Léontine, un matin, se trouva grande fille et voulut
savoir si le public de Paris lui avait conservé le nom
de *Merveille.* M.Scribe dit oui, et personne ne s'avisa
de dire non ; voilà donc la seconde époque, la plus
brillante de cette trilogie qui commence, et le succès
est acquis à cette haute intelligence, à ces beaux
yeux noirs, à cette chevelure d'ébène, à ces sourcils
majestueusement arqués. Léontine veut changer de
nom ; elle prend celui de Volnys, et le théâtre Bonne-
Nouvelle lui semble trop petit. *La Camaraderie* et
la Marquise de Senneterre qu'elle créa aux Français, font une révolution qui a l'honneur d'exciter la
jalousie d'une très haute et très grande dame, et la
petite Léontine revient dans sa volière dont M. Poirson avait eu l'obligeance de laisser la porte ouverte ;
et qu'il fait fort bien de tenir close aujourd'hui, qu'à
sa troisième époque, madame Volnys est encore la
comédienne pleine de goût, de finesse, qui connaît
tous les secrets de son art, et qui, en dépit de ceux
qui lui font le reproche de frapper fort, croit que
pour saisir une salle entière, pour l'impressionner
vivement, il faut se mettre à la portée de toutes les
intelligences.

THÉATRE DES VARIÉTÉS.

(Boulevard Montmartre.)

Administration.

Directeur, M. ROQUEPLAN. — Régisseur, M. A. VÉRON. — Chef du contrôle, M. TONY. — Caissier, M. BAUDOIN. — Secrét. et inspect., M. PALISSIER.

Prix des places.

Loges de la galerie, Balcons, Premières loges de face, Baignoires de face et Stalles d'orchestre, 5 fr. — Orchestre et Première galerie, 5 fr. 50. — Baignoires de côté, Premières et deux. loges de côté, 2 fr. 50. — Stalles des deuxièmes galeries, Amphithéâtre du parterre, 2 fr. — Parterre, Deuxièmes galeries, 1 fr. 50. — Troisièmes galeries, 1 fr.

Mademoiselle Montansier acheta, en 1789, les Beaujolais, petite salle bâtie pour des marionnettes, et la fit agrandir, afin qu'on pût y jouer la comédie, la tragédie et l'opéra. — En 1793, ce théâtre porta le nom de *Théâtre de la Montagne.* — C'est sur cette scène que mademoiselle Mars joua, étant encore enfant, le rôle du petit frère de Jocrisse. — En 1798, Brunet débuta chez *la Montansier,* dont le théâtre avait repris, en 1795, le nom de *Théâtre des Variétés,* qu'il n'a plus quitté depuis. Le foyer acquit sous le Directoire une célébrité presque politique, qui s'affaiblit sous le Consulat et se perdit sous l'Empire. Un décret ordonna la fermeture de la salle du Palais-Royal, dont le voisinage incommodait MM. les Comédiens-Français ordinaires de S. M. l'Empereur et Roi, et le 31 décembre 1807, après y avoir donné sa dernière représentation, la troupe de mademoiselle Montansier alla s'établir au Théâtre de la Cité, pendant la construction de la salle qu'elle occupe encore aujourd'hui. — A son ouverture, qui eut lieu le 24 juin de l'année suivante, un petit 18 brumaire éclata ; Brunet, qui en fut le Bonaparte, menaça d'abandonner ses camarades. Il cachait sous sa perruque rouge un ardent foyer d'ambition... Et comme, au demeurant, à sa gloire acquise il joignait des économies qu'il s'offrait de verser dans la caisse, il fut proclamé consul, c'est-à-dire directeur. En 1829, Brunet abdiqua en faveur de M. Armand Dartois, et MM. Bayard, Dumanoir, Jouslin et Leroy ont continué la descendance jusqu'à M. Roqueplan, entre les mains de qui ce théâtre ne peut que voir augmenter la vogue qui l'a rarement abandonné.

ARTISTES.

ADRIEN a de la franchise, de la gaîté, et, dans le pays des comiques, il tient depuis longtemps, sinon la première, au moins une place avantageuse. C'est un acteur auquel on peut confier de mauvais rôles; il les protége et les sauve.

Mlle BOISGONTHIER. En voilà *une de femme!* quelle gaillarde! quelle mine hardie! quelle parole pétulante! quel geste assuré! Si celle-là a des rivales, il y aura du bruit au bois de Boulogne. Du reste, elle est assez jolie pour en faire (du bruit), et assez comédienne en même temps pour n'en pas avoir (de rivales).

Mme BRESSAN a tout à la fois de la gentillesse et de la rondeur, une assez jolie voix qu'elle gouverne bien; et depuis quelques années elle a su créer des rôles qui suffirent à établir sa réputation de bonne comédienne.

CAZOT. On rit encore, on rit toujours aux Variétés, et cependant je n'y vois plus Cazot. Est-ce qu'il aurait voulu prendre du repos? Allons donc! lui, le Nestor du rire, lui, si fidèle aux vieilles traditions, du repos!... Brunet n'est-il pas jeune encore? ne vient-il pas de le prouver? Cazot doit mourir sur la brèche.

Mlle CASTELLAN est un des transfuges de la Renaissance. Elle est encore bien jeune, bien naïve, et pourtant on trouve un charme inexprimable à la voir. Dans *les Chevau-légers de la Reine*, jolie pièce de M. Bernard Lopez, elle était ravissante de grâce, de pétulance et d'une certaine effronterie qui passe pour de l'innocence à cet âge, et avec un visage aussi frais et aussi enfantin.

DUMESNIL. A la bonne heure, voilà une tête d'études, vrai moule à faire des Odry! Cela dépasse tout l'idéal du laid ; c'est une sommité, une excentricité, une spécialité : c'est désespérant ! L'administration nouvelle fera bien d'employer cet acteur qui dans quelques-unes de ses créations a montré d'heureuses dispositions.

DUSSERT est un acteur consciencieux, qui n'aspire pas au premier rang, mais qui brille au second.

Mlle ESTHER est aimée aux Variétés, et c'est justice ; car elle est bonne fille et joue sans façons les grisettes en gaillarde et égrillarde personne. A tout cet entrain, elle joint pourtant, quand il le faut, de la grâce, de la décence et de la diction.

Mlle FLORE. Je ne vous dirai pas dans quelle année du siècle dernier mademoiselle Flore a vu le jour ; quel qu'il soit, c'était un beau jour pour le théâtre de *la Montansier*, qu'elle n'a quitté qu'un moment, et où ses succès ont toujours été en grandissant. Il faut lire dans la *Galerie des Artistes* une anecdote de sa jeunesse, un véritable enlèvement, dont le dénouement est des plus comiques. Je dis enlèvement, et je m'explique, car Flore était alors une blonde mince et élancée : les temps sont bien changés ! mais non pas son talent. Que de titres il faudrait enregistrer si l'on voulait dire ses créations originales et franches, depuis Justine de *Maître André et Poinsinet* jusqu'à celui de madame Batifol de *Matelot et Matelotes*. Qui croirait que cette bonne grosse Flore s'est trouvée un jour, on ne sait comment, engagée au théâtre de l'Odéon, second Théâtre-Français? Le fait est vrai, cependant, et c'est pour elle un souvenir pénible ; car elle s'y trouvait si mal à l'aise qu'il lui prit envie de terminer violemment sa biographie ; heureusement pour elle et pour nous, le théâtre des Variétés lui fut rouvert, et elle retrouva au milieu de ses anciens et de ses nouveaux camarades sa physionomie gaie, ouverte, son entrain et cette puissance d'attraction dont on ne peut se défendre.

GOTHY (Prosper) a beaucoup gagné sous le rapport du talent ; c'est un comique qui soutient fort bien la scène, et dont le physique dispense de bien des études. Ah ! si M. Roqueplan voulait nous montrer une Esméralda appropriée au genre des Variétés, quel parti il pourrait tirer de Gothy dans le rôle d'un des adorateurs de la belle danseuse du parvis Notre-Dame !

HYACINTHE m'amuse beaucoup, il me fait rire aux larmes ; je le trouve original, surtout quand il est le rival de Vernet, d'Odry et de Cazot, comme dans les *Trois Épiciers;* son nez, son heureux nez, qui fait le désespoir d'Alcide Tousèz, est un des plus riches dons de la nature, et la justification la plus saillante des trois épouses des négociants en denrées coloniales. Nez-en-moins, ou plutôt à cause de son satané physique, Hyacinthe est un comique vrai, naturel, qui mérite sa couronne du *Maître d'école.*

Mlle JOLLIVET est depuis longtemps au théâtre ; elle s'y est fait un répertoire qu'elle soutient toujours fort bien. On dit que mademoiselle Jollivet a été très jolie : je ne l'ai point vue à Toulouse ; mais dix années n'ont rien gâté chez elle, n'est-ce pas?

LAFONT. Cet excellent comédien était bon à tout ; d'abord il fut chirurgien, et porta jusqu'aux Indes sa trousse et son scalpel ; ennuyé de la marine et de chirurgie, il voulut un jour chanter l'opéra-comique, et fit ses débuts sur la scène de Doyen. Le directeur du Vaudeville s'en empara : désormais Henri et Julien étaient oubliés, Gonthier avait un successeur. Lafont y débuta en 1822, s'y fit une réputation brillante, puis quitta le Vaudeville pour les Nouveautés, et retourna au premier où il resta jusqu'à l'incendie du théâtre de la rue de Chartres. En 1828, il fut engagé à Londres avec mademoiselle Jenny Colon, et les succès, comme tant d'autres choses, furent mis en commun par ces deux artistes. Rentré en France, Lafont prit un engagement pour la Renaissance qu'il quitta enfin pour les Variétés, où il a prouvé, dans *le Chevalier de Saint-Georges* et dans *le Chevalier du Guet*, qu'il n'avait rien perdu de ce bon ton de comédie, de cette diction agréable, quoique un peu précipitée, qui marquaient sa place à la Comédie-Française.

LEPEINTRE aîné. Né à Paris le 5 septembre 1785, c'est d'abord aux Jeunes-Artistes que cet excellent comédien débuta. Il alla porter en province un talent naissant, appelé comme tant d'autres à de plus hautes destinées ; car Lepeintre a laissé à Lyon et à Bordeaux le souvenir d'un excellent valet de haute comédie. En 1817, Potier avait quitté le théâtre de sa gloire, et Lepeintre eut alors le mérite de se faire applaudir dans les rôles créés par le premier comique de notre siècle. — Potier rentra, et Lepeintre passa au Vaudeville où il créa *M. Botte* et *le Hussard de Felsheim*. Le Palais-Royal eut son tour ; il y joua *les Chansons de Béranger*, et enfin l'enfant prodigue revint à la maison, où il se distingua au milieu des *Cancans*. — Lepeintre aîné est connu de tous par son talent, de ses nombreux amis par son bon cœur ; c'est le type de l'honnête homme et du véritable artiste.

LEVASSOR est la preuve sans réplique de tout ce que peuvent l'art et le travail sur une nature ingrate. Sa réputation, qui s'est faite au Palais-Royal, est arrivée aux Variétés avec une popularité qui n'a fait que s'accroître. Levassor est un acteur à part, qui crée et qu'on n'imite pas, qui laisse des rôles qu'on ne prendra pas après lui, parce qu'il leur imprime un cachet d'originalité qui tient à ses qualités comme à ses défauts. Personne mieux que lui ne saisit la physiologie caricaturale; il descend jusqu'au savetier, il monte jusqu'au prince, sans que jamais le prince garde rien du savetier. Levassor créa, avec Achard, la chansonnette comique et dialoguée; et si ce dernier possède une plus belle voix, Levassor est plus varié, plus original.

LIONEL est un de ces jeunes premiers que les femmes remarquent : « Il n'est pas beau, disent-elles, mais il plaît », et, tout en pensant comme elles, nous ajoutons : Il est intelligent, il est utile, et nous le félicitons d'avoir quitté Berlin où il travaillait pour le roi de Prusse.

MAILLARD est sans contredit un comédien distingué; mais sa place étant marquée sur une autre scène, je ne ferai que le mentionner en passant; j'aurai le plaisir d'aller le voir chez lui quand il y sera de retour.

Mlles MUNIÉ et ÉDELIN. Il faut renoncer à nommer toutes les jolies femmes de ce théâtre, et si je cite ces dernières, c'est qu'elles ont de plus de la jeunesse et de la fraîcheur, et qu'elles n'auront pas manqué d'être remarquées.

ODRY. Qui le croirait? Odry était destiné au barreau. J'aurais voulu le voir défendant une cause devant un tribunal sérieux... Les juges auraient ri et la cause eût été gagnée. Il débuta à la Gaîté en 1803 où il créa *Rigolet*. A la Porte-Saint-Martin, en 1805, il eut un grand succès dans *Rataplan*, puis il entra aux Variétés et se fit une réputation dans *Quinze ans d'absence*, charmante pièce de Merle et Brazier. Dans le rôle de Morin, où il n'avait rien à dire, Odry fit courir tout Paris : c'est qu'il y mettait son naturel, sa balourdise, sa naïveté et toute la désinvolture de sa tournure si comique, la tête de côté et l'œil en coulisse. Depuis, Odry se fit constamment remarquer à côté de Brunet, de Potier, de Tiercelin ; dans ses rôles de *Folbert*, de *Cagnard*, du Parisien des *Ouvriers*, il a obtenu un succès de fou rire. Mais ses meilleures créations, celles qui porteront son nom à la postérité, c'est son beau poëme des Gendarmes et son rôle de Bilboquet des *Saltimbanques :* Lamartine n'a rien écrit de semblable à ces stances si populaires ; Talma n'a jamais poussé la vérité du costume aussi loin que l'a fait le célèbre Odry dans Bilboquet !

Mlle OLIVIER est une des jolies personnes de ce théâtre où les femmes sont presque toutes bonnes à voir. Elle a encore un autre mérite, une modestie qui plaît et à laquelle on aime à rendre hommage. Mademoiselle Olivier a une voix agréable et bien timbrée, un jeu réservé, fin, plein de grâce et de gentillesse.

Mlle OZY est une actrice de bon goût et de bon ton qui ne nuit en rien à l'ensemble féminin du théâtre des Variétés.

Mlle SAUVAGE (Eugénie). Comme Lafont, cette charmante actrice n'a pas senti où l'appelait son talent. Mademoiselle Sauvage est née le 13 août 1813. Elle a d'abord travaillé comme fleuriste, et sa main a tressé autant de couronnes que son talent lui en a mérité plus tard. En 1827 elle débuta à la Porte-

Saint-Martin dans le drame des *Deux Frères*, puis un peu plus tard à la Gaîté où elle doubla mademoiselle Adèle Dupuis. Mademoiselle Sauvage, dans *Il y a seize ans*, avait montré tout ce qu'on pouvait attendre de son beau talent. Sauvée comme par miracle des flammes qui dévorèrent le théâtre de la Gaîté, elle fut reçue au Gymnase où se trouvait une place plus difficile à remplir : celle de madame Volnys. Elle prouva qu'elle sentait tout ce que sa tâche lui imposait. et le succès couronna ses efforts dans *la Fille d'un militaire;* on la compara tout à la fois à mademoiselle Mars, et à Léontine. Il y avait de quoi lui faire perdre la tête ; elle eut le bon esprit de la conserver en n'acceptant que la seconde partie de l'éloge. Du Gymnase elle passa aux Variétés... Était-ce une chute? non : c'était prendre possession d'un trône où elle a su se maintenir au milieu de camarades qui le partagèrent quelquefois avec elle, mais ne l'en firent jamais descendre.

SERRES a joui d'une réputation populaire à la Porte-Saint-Martin, dans ses rôles de Bertrand et d'Alexandre; là il créait et n'avait pas de précédent. Aux Variétés, où il joue quelques rôles de Vernet, il est écrasé par le souvenir de son illustre chef d'emploi. Serres a trop d'intelligence et de conscience pour copier; il faut qu'il soit lui. Ne l'oubliez donc pas dans vos tableaux populaires, vous qui tenez à peindre d'après nature.

VILLARS était aimé au théâtre de Rouen. Il a de la tenue, de la diction et pourra fort bien un jour avoir de la célébrité. Mais il a un nom terrible à soutenir.

THÉATRE DU PALAIS-ROYAL.

Administration.

Directeurs, MM. DORMEUIL et Ch. POIRSON. — Caissier, M. Fr. DE GRO-
SEILLES. — Régisseur général, M. COUPART. — Régisseur de la scène,
M. DE ALLART. — Inspecteur de la salle, M. BAUDIN. — Secrétaire,
M. MONGELAZ. — Contrôl. en chef et chef du matériel, M. GUEFFIER.

Prix des places.

Stalles de balcon, Avant-scènes des prem., 5 fr. — Premières loges
de face, Stalles d'orchestre, 4 fr. — Première galerie, Avant-scène
des secondes, 3 fr. — Premières loges découv., Baignoires, 2 fr. 50.
— Troisièmes loges, 2 fr. — Secondes galerie, 1 fr. 50. — Parterre,
1 fr. 25.

En 1808, quand la troupe des Variétés fut obligée d'aller porter son répertoire à la Cité, la salle du Palais-
Royal, qui appartenait toujours à mademoiselle Montansier, fut livrée à tous les genres d'exploitation : on
y vit d'abord *Forioso* et les frères *Ravel*, danseurs de
corde, les *Jeux Forains*, où l'on représentait des vaudevilles à l'aide de *fantoccini*, puis des pièces à deux personnages. Aux marionnettes succédèrent (comment dire
cela sans offenser personne?) des comédiens célèbres
par leur fidélité proverbiale, et dont la voix se faisait
entendre d'un bout du Palais-Royal à l'autre. Cette
troupe, qui avait d'abord attiré tout Paris, se trouva
enfin aux abois, et forcée d'aller chercher en province
et à l'étranger quelque nouvel os à ronger : ces mâtins-
là en étaient bien capables. — Après le départ de ces
chiens savants, on dressa des tables au parterre, et le
café circula de bouche en bouche. C'était bien monotone
de voir devant soi un rideau qui ne se levait jamais; on
pétitionna et enfin on put chanter des couplets et même
jouer des pièces à deux ou trois personnages. La restauration arriva avec ses réactions... La salle, devenue une
arène politique pendant les Cent-Jours, vit arborer l'i-
gnoble bonnet rouge, et enfin la fermeture fit justice des
sales excès des partis. — La révolution de juillet nous
rendit ce théâtre, qui prit alors le nom du palais où il
est situé. L'ouverture eut lieu le 6 juin 1831, sous la

direction de M. Contat Desfontaines, dit Dormeuil, et de M. Charles Poirson. La prospérité du Théâtre du Palais-Royal est passée en proverbe, et sa bonne administration ainsi que son excellente position lui assurent le maintien de cet état de choses.

ARTISTES.

ACHARD exerça à Lyon, pendant longtemps, le métier de tisserand, et son goût pour le théâtre s'étant déclaré, il quitta ce métier pour celui de comédien. Il joua d'abord à Grenoble, puis à Lyon, sa patrie ; il se trouvait à Bordeaux, quand mademoiselle Déjazet le vit et arrangea son engagement avec M. Dormeuil. On sait le reste. Chacun a pu applaudir, dans cinquante rôles, sa jolie voix, sa verve comique et entraînante ; ses chansonnettes, ses romances ont beaucoup de succès et sont répétées dans tous les concerts. Mais ce qu'on ne croirait pas, c'est que ce *Titi le Talocheur*, ce coureur de grisettes, ce mauvais sujet depuis six heures du soir jusqu'à onze, est le bourgeois le plus rond, le mari le plus fidèle, et le meilleur père de famille, qui élève ses trois enfants, et soigne son jardin en véritable amateur. On dit même qu'il est un délicieux garde national.—Allons donc ! — Vrai.

ALCIDE TOUSEZ. A seize ans il se mit à passer la barrière et à jouer comme on joue dans la banlieue, c'est-à-dire un peu de tout. Un jour M. Dormeuil lui offrit une place sur son théâtre, et le 6 avril 1833 il débuta par le rôle de Maclou. Personne ne peint aussi bien que lui la bêtise prétentieuse. Ce qui, chez Alcide, excitera toujours le rire, est l'importance qu'il met à débiter les folies les plus étranges ; il conserve un sang-froid, un sérieux qui ne manquent jamais leur effet auprès d'un public que le physique de cet acteur original met en gaîté de prime abord.

BERGERON. Courage et confiance, et peut-être un jour Bergeron ne sera-t-il pas déplacé entre Alcide et Derval où l'ordre alphabétique le met aujourd'hui. Mais voyez ce que peut le hasard ; il se plaît à rapprocher ici trois hommes qui possèdent, physiquement parlant, de quoi se faire une réputation, et qui auraient tout à perdre au départ d'*Enée*. Je parle *du nez*. — Scélérat de Tousez, c'est toi qui m'inspires tout cet esprit.

Mlle BIRON est très jeune et partant jolie ; elle a les allures tranchantes, la parole vive et provocatrice, et je ne vous conseille pas de vous y frotter ; mais pour le croire je crois qu'il faut y aller voir.

DERVAL est le *premier rôle* du théâtre du Palais-Royal, c'est un reflet de Menjaud : comme lui, il porte avec élégance l'habit français, la poudre, et au besoin le petit sceptre de *Farinelli*. Derval a de l'âme, de la sensibilité, de l'entraînement, et nul plus que lui n'est à même de comprendre un rôle, d'en faire ressortir les beautés, et de donner aux auteurs de ces conseils qu'ils ne demandent pas, mais qu'ils acceptent avec reconnaissance quand c'est un homme de goût et d'esprit qui les donne. — Employé dans les bureaux de la comptabilité du ministère de la guerre, M. Dobigny, qui a pris au théâtre le nom de Derval, serait peut-être aujourd'hui caissier sans les soirées dramatiques de l'hôtel d'Uzès où on l'admit...

Mlle DÉJAZET. Un peu plus *grande fille* que Léontine Fay, Déjazet commença par faire l'enfant au Gymnase, à côté de la petite Merveille. Bientôt, se sentant pousser de la barbe au menton, elle partit lestement pour faire son tour de France. Les figures départementales n'étant pas de son goût, et pensant avec raison qu'elle valait bien la peine qu'on vînt à Paris pour la voir, elle entra au Palais-Royal, et avec elle la foule; car tout ce qui est jeune, et même ce qui l'a été, applaudit au jeu fin, spirituel, un peu décolleté peut-être, mais rempli de charme de cette statuette si bien découpée, si svelte, si agaçante. Il fut un temps où je croyais que c'était un aimable polisson qui avait pris le nom de Virginie ; mais le secret de son sexe s'est dévoilé, et quelques confidences intimes de sa part ne permettent plus de douter. Cependant elle a toujours eu beaucoup de penchant pour notre espèce, et les plus grands hommes lui sont familiers : Voltaire, Bonaparte... oui, elle a joué ces deux personnages, et fort bien même ; Louis XV, Richelieu, J. J. Rousseau, Déjazet a tout osé, et elle n'était pas plus mal à l'aise avec eux qu'avec l'élégant habit du marquis de Létorière. Déjazet est la Sophie Arnould de notre époque plus avancée, et ses bons mots, ses bonnes actions même, car elle est libérale en tout, feront un joli livre de boudoir que nos enfants liront un jour quand ils ne seront plus des enfants.

DORMEUIL, ancien régisseur du Gymnase, où il était en même temps acteur, a continué de jouer la comédie au théâtre du Palais-Royal. Il met la plupart des pièces en scène et donne d'excellents conseils non-seulement aux acteurs, mais encore aux auteurs, qui s'en trouvent bien. C'est un directeur habile, plein d'esprit, de tact et de goût.

Mlle DORSY. Pauvre jeune fille, fleur à peine éclose, comme on aurait dit sous la régence, j'ai peine à tracer ton portrait avec la plume qui vient de me servir pour celui de mademoiselle Déjazet. Son bec (celui de ma plume) s'est un peu effilé sous les grands traits de *la Marquise de Prétintaille*, et cependant j'aurais voulu applaudir à ta beauté et à ton talent... Le public s'en chargera.

Mme DUPUIS avait apporté au Palais-Royal quelque prétention chantante qui donna d'abord de l'inquiétude pour elle ; mais, mieux avisée, elle est devenue tout-à-fait bonne femme, disant le couplet avec goût et se contentant d'être tout bonnement une agréable actrice, pleine de finesse et d'esprit.

Mlle FARGUEIL était destinée à l'une de nos grandes scènes lyriques ; malheureusement une maladie de poitrine lui enleva cette belle perspective ; et après quelques succès dans *la Marquise*, *Adolphe et Clara*, *le Diable à quatre* et *le Cheval de Bronze*, à l'Opéra-Comique, succès que lui valurent sa jolie figure, sa grâce et un jeu plein d'enjouement, elle entra au Vaudeville où elle eut une vogue prodigieuse dans le *Démon de la Nuit ;* d'autres créations, dans lesquelles on distingue *Juana*, lui firent une réputation de comédienne de bon goût et de talent. Enfin mademoiselle Fargueil appartient maintenant au Palais-Royal qui saura tirer parti, nous l'espérons, de ces beaux yeux noirs, pleins de vivacité, de cette taille ferme et dégagée, et, bien plus que tout cela, de cette intelligence prompte et énergique.

FAUGÈRE a beaucoup gagné depuis quelque temps ; ne gênez pas son talent, et vous verrez qu'il ira loin. Nous le désirons, et lui aussi.

GERMAIN. On aime à parler d'un artiste comme celui-là, chez qui la nature ne s'est pas montrée rebelle : tournure distinguée, manières aisées et souples, figure fort agréable, rien ne lui manque pour plaire à cette partie du public seule compétente pour juger du mérite d'un *amoureux ;* quant à l'autre, il me semble qu'elle met assez de bonne volonté dans la confirmation de l'arrêt de ces dames.

GRASSOT joua d'abord au Gymnase; puis un jour il alla s'abattre sur la capitale de la vieille Neustrie, patrie du grand Corneille, où le cidre est aussi doux que le public l'est peu. Sorti victorieux d'une épreuve si rude, Grassot revint à Paris et débuta au Palais-Royal; là, son comique à part autant que ses *avantages* physiques, entretiennent la gaîté de gens qui sortent de table et sont fermement décidés à ne pas laisser tomber la mousse enivrante du vin de Champagne que leur a versé si *généreusement* Véfour ou Véry.

Mme GRASSOT est une actrice sans grandes prétentions, jouant avec goût les rôles qu'on lui confie, quels qu'ils soient; elle est utile à l'administration, et le public ne se plaint jamais de la voir trop souvent employée.

LEMESNIL est un acteur de talent, de ressource, pour qui il n'est pas nécessaire d'écrire un rôle exprès; il endosse tous les habits et se façonne à leur taille. La reputation qu'il s'était acquise à la Gaîté, dans le mendiant d'*Il y a seize ans*, qu'il jouait avec perfection, s'est soutenue et même augmentée encore au Palais-Royal. *Le Conseil de discipline, la Croix d'Or, le Ramoneur, Bruno, la Famille du Fumiste* sont pour Lemesnil des titres irrécusables à la faveur du public.

Mme LEMESNIL. Personne plus que cette actrice ne cherche à plaire au public, non par du charlatanisme, mais par de la gaîté, de l'entrain, ce qu'on appelle au théâtre des complaisances : elle observe l'effet de son jeu toujours d'un comique franc, et quand elle a fait rire une fois son auditoire, elle ne le tient pas quitte; elle le provoque, et bon gré, mal

gré, il lui faut éclater encore. — De grâce, messieurs
les auteurs, faites dire tout ce que vous voudrez à
madame Lemesnil, mais ne l'obligez pas à se mettre
en rapport avec le maître d'orchestre...

L'héritier est en train de se faire un nom; il tâ-
tonne et cherche à se caser; je crois qu'il ne fera
pas mal de se jeter dans les ganaches prématurées;
c'est un genre où il arrivera, et qui a bien son mérite, celui surtout de s'accommoder parfaitement de
toutes les infirmités qui n'épargnent pas plus les comédiens que les autres hommes.

Mme Moutin. Allons, maman, ne soyez pas trop
revêche; que diable! au Palais-Royal nous avons
besoin d'indulgence, et il nous faut des grand'mères
taillées sur le patron de celle de Bérenger, qui re-
grette le temps perdu et le reste.

Oscar. Est-ce de l'homme de lettres ou du comédien que vous voulez que je vous parle? — De tous
les deux. — En ce cas, allez au Palais-Royal et vous
aurez tout Oscar; son jeu comique et de bon aloi,
vous le trouverez tous les soirs dans la jolie petite
salle des Beaujolais; ses charmants ouvrages chez
tous les libraires de la galerie d'Orléans, le public
les enlève par milliers (bum! bum!); et je vous
conseille de louer une loge au théâtre, car vous ris-
quez de n'y pas entrer au grand complet si vous vous
hasardez à affronter le flot de la queue. (Dzing, dzing,
boum, boum, boum).

Mlle Pernon débuta au Palais-Royal le jour de
l'ouverture de ce théâtre; elle s'y fit alors une réputation de jolie femme; sa jeunesse, sa grâce, sa
naïveté enfantine plurent infiniment à ce public
blasé, sur qui la cornette de la petite paysanne égrillarde faisait plus d'effet que toutes les grandes perru-
ques à blanc de la cour de Louis XV. Mademoiselle

Pernon a peut-être trop négligé un genre qui lui
allait si bien. Rendez-nous Perrette, puisque vous en
avez encore les seize ans et la candeur.

RAVEL est venu de la province avec du talent;
on le lui avait sans doute beaucoup répété *là-bas*,
il aurait pu chercher à l'oublier un peu plus *ici*. Au
Vaudeville, *le Tourlourou* nous fit connaître avantageusement cet acteur, qui se brûla contre la popularité d'Arnal. Ravel a bien fait de se placer au Palais-Royal où sa pétulance plaît; sa manière de
lancer le trait réussit à ce théâtre, qui exige beaucoup d'entrain et de vigueur; au café des Variétés
on servait *chaud*, et le théâtre du Palais-Royal a pris
pour devise : *chaud, chaud!*

Mme RAVEL. C'est la Flore du Palais-Royal; non
pas la déesse des fleurs, mais la bonne et ronde actrice des Variétés. Madame Ravel a moins d'originalité, mais elle a plus de fraîcheur, et, somme toute,
c'est une actrice sur qui l'œil se repose avec plaisir :
elle est bonne à voir et même à entendre.

SAINVILLE. Gros éléphant, gros Lepeintre, gros
stupide, va!... oh! oh! oh!... Oui, gros éléphant;
car s'il en a l'ampleur, il en a aussi l'intelligence et
la finesse. — Gros Lepeintre! il n'y a pas de quoi se
fâcher, j'espère, surtout quand un pareil éloge est
mérité. — Gros stupide, oui stupide, et je maintiens
ce mot dans toute sa force : Sainville est la sottise
personnifiée, l'épaisse sottise, soit qu'il la recouvre
de l'habit brodé, soit qu'il l'enveloppe de la redin-
gote à grandes poches du bourgeois enrichi qui a
tout oublié sans avoir jamais rien appris. Sainville,
dans tous ses rôles, montre de la rondeur, de l'originalité, de la gaîté franche; et sa mémoire prodigieuse est un trésor pour un théâtre où le public et
les acteurs ne doutent de rien. Le véritable nom de
Sainville est Morel; avis aux biographes.

8.

THÉÂTRE DE LA PORTE-SAINT-MARTIN.

Administration.

Directeurs, MM. COGNIARD frères. — Régisseur général, M. MOESSARD. — Régisseur, M. VISSOT. — Secrét. général, M. VILLEMOT. — Contrôleur général, M. ALBERT. — Contrôleur, M. ROSE.

Prix des places.

Avant-scènes des prem., des deux. avec salon et du rez-de-chaussée, Premières grillées de face, 5 fr. — Stalles de balcon, Prem. loges découvertes, Premières loges grillées du deuxième rang, 4 fr. — Balcon de face. Stalles d'orchestre, 3 fr. — Premières galeries, Orchestre, Premières loges du deux. rang, Baignoires, Avant-scènes des deux., 2 fr. 50. — Deuxièmes loges, 2 fr. — Parterre, Premier amphit., 1 fr. 50. — Deuxièmes galeries, 1 fr. — Deux. amph., 50 c.

Construite en quarante jours, cette salle, la plus vaste de tout Paris, y reçut provisoirement la troupe de l'Opéra, qu'un incendie avait laissé sans asile; La cour de l'infortunée Marie-Antoinette assista à son ouverture, et pendant longtemps la plus brillante société de Paris en garnit les loges. Aussi ce théâtre, en changeant de fortune, a-t-il conservé une tendance aristocratique qui accuse son origine. En effet, si le mélodrame et le chétif vaudeville s'y sont logés, leurs proportions ont toujours eu quelque chose de plus gigantesque qu'ailleurs. Ce théâtre à été tour à tour le second Opéra par la richesse de ses décors et la beauté de ses ballets ; le second Théâtre-Français, quand MM. Casimir Delavigne et Victor Hugo y portaient leurs chefs-d'œuvre tragiques. Le théâtre de la Porte-Saint-Martin est un grand seigneur qui ne recule pas devant une mésalliance quand elle est profitable, mais qui, sous tous les costumes, dans toutes les conditions où le sort et le *privilége* le placent, porte la tête haute et conserve le regard fier et assuré. Rien ne ressemble plus à la vie de ce théâtre, que celle des quatre grands artistes qui en ont fait la gloire, Frédérick-Lemaître, Madame Dorval, Mademoiselle Georges et Bocage, vie errante, sans port assuré, qui n'a rien d'accompli, et dont la fougueuse

indépendance peut mener à la gloire, jamais à la fortune. — Aujourd'hui des hommes d'esprit, qui pren-
nent dans leur propre fond, MM. Cogniard frères, exploitent les nouvelles destinées du théâtre de la Porte-
Saint-Martin et y ramènent un public capricieux, qu'il
est si difficile de fixer, mais qu'on ne peut cependant
pas désespérer de retenir quand on s'entoure des meilleurs écrivains et d'artistes du premier ordre.

ARTISTES.

BOCAGE, comme tous les artistes de vocation,
est parti de bien bas, d'autres diraient de bien haut,
pour arriver au point où ses études et son âme brûlante et énergique l'ont placé. En effet, Bocage a
commencé sa vie, si pleine de contrastes, dans le
fétide atelier d'une fabrique de Rouen, où, pour
subsister seulement, comme dit Figaro, il cardait
de la laine... Qui jamais eût pu croire que là ger-
mait cette haute intelligence, cet artiste qui devait
nous apparaître si brillant dans l'*Homme du monde*?
— Mais, après être sorti de ce cloaque, qui n'était
au demeurant que de la misère, il eut bien d'autres
épreuves cruelles à subir. Tour à tour garçon épicier (ô Buridan!), commis, clerc d'huissier, il avait
passé par tous les degrés d'abrutissement intellec-
tuel, quand un jour, jour néfaste, l'étincelle dramatique le frappa... Alors s'ouvrit pour Bocage
une nouvelle carrière de lutte, d'illusion, de désen-
chantement, de tribulations... Le Conservatoire lui
refusant ses portes, il alla frapper à celles du théâtre
du Luxembourg! Bocage demandait un asile, quelques planches rabotées sur lesquelles il pût dire à
un public quelconque tout ce que son cœur conte-
nait d'émotions violentes et tendres tout à la fois;
Buridan, Antony, Shylock, frappe à la porte de

Bobino, et Bobino lui répond : « Passez votre chemin. » Il reprit son bâton, remit son paquet au bout, et courut en province, où il exerça pendant dix ans le vagabondage du comédien errant, sans pain, sans souliers, mais non pas sans talent. Enfin il reparut à Paris, et le drame moderne lui ouvrit les bras. Que vous dirai-je de cet homme qui créa avec tant d'énergie et de passion le rôle d'Antony, montra, dans la *Tour de Nesle*, la réunion de tous les sentiments du cœur humain? Faut-il rappeler les grands et légitimes succès de Bocage dans l'*Incendiaire*, dans *Thérésa*? A quoi bon? j'ai dit comment il avait commencé, chacun sait ce qu'il est : un grand comédien, auquel on reproche avec raison de grands défauts; mais si l'art, l'intelligence, ont formé le talent de Bocage, il faut nous résigner à accepter ses défauts, qui sont l'œuvre de la nature.

FRÉDÉRICK-LEMAITRE, surnommé par son biographe le *Talma des boulevards*, possède plusieurs points de ressemblance avec ce grand tragédien. Il a fait pour le drame ce que Talma a fait pour la tragédie; il l'a sorti de l'ornière du faux où des comédiens routiniers l'avaient laissé et s'étaient traînés avec lui; comme Talma, il a façonné son public, lui a montré une nature forte, passionnée, mais la sienne, dévorée par tous les vices, était recouverte du hideux manteau d'infamie; il a ri sous le haillon, il a ennobli le forçat, l'a jeté dans la société, en a fait un type de notre époque, et, sous le nom de *Robert Macaire*, nous a révélé le chevalier d'industrie de toutes les classes, comme Molière avait peint et stigmatisé les faux dévots sous celui de *Tartufe*. — Frédérick Lemaître est assurément le plus grand comédien de nos jours, sacrifiant tout à l'art, sa fortune, à laquelle il n'a jamais songé; sa réputation, qu'il ne s'est pas avisé de défendre quand il l'a vue entre les mains des sots; son avenir, borné par trois enfants à nourrir, et qui ne pouvaient se plier aux lenteurs exigeantes d'une position à prendre. Frédérick a fait une révolution dans l'art dramatique, et cette révolution, profitable pour tous, n'a eu pour lui qu'un lendemain de déception et de dégoût. Méconnu du public lui-même, pour qui il a tout sacrifié, et qui lui reproche avec pruderie l'indépendance qu'il montre, il n'a été compris, estimé et consolé que par quelques hommes qui, comme lui, sont au-dessus du vulgaire, et ces hommes s'appellent Frédéric Soulié, Alexandre Dumas, Victor Hugo!

Jemma, tient à la Porte-Saint-Martin l'emploi des premiers rôles du drame. C'est un comédien qui connaît tous les secrets de son art, et sa diction correcte, sa tenue irréprochable le font remarquer parmi ses nombreux camarades. Jemma est un des acteurs les plus connus et les plus appréciés des théâtres du boulevard; ses nombreuses créations dénotent chez lui une grande entente de la scène et une intelligence supérieure.

Moessard (Simon-Pierre), est né à Paris le 13 mai 1781. Excellent comédien, sa réputation comme artiste est aussi ancienne que celle du théâtre auquel il a voué ses talents en tous genres; drames, vaudevilles, ballets, Moëssard a tout joué, et toujours son naturel franc, jovial, sa bonhomie touchante, lui ont valu les succès les plus mérités. Bon administrateur, Moëssard a traversé bien des époques désastreuses, où sa parole douce et compatissante faisait prendre patience à des hommes aigris par le malheur. Moëssard est plus encore que tout cela; c'est le plus honnête des hommes, le meilleur, le plus modeste, dont la vie est un long acte de dévouement et de désintéressement, et si les comédiens n'aváient depuis longtemps repris le rang qui leur appartient dans la société, les vertus de Moëssard, si justement récompensées par l'Académie, serviraient à leur réhabilitation.

RAUCOURT. Le début de Raucourt à Paris, sur le théâtre de la Porte-Saint-Martin, fut des plus brillants. Une espèce de réaction théâtrale semblait alors devoir s'opérer, et le public avait accueilli avec transport une pièce assez raisonnable, intitulée *la Duchesse de la Vaubalière*. Raucourt, qui s'était fait à Bordeaux une réputation méritée et acquise par dix années de travaux, créait dans ce drame le rôle de Moriseau, avec tant de goût et de vérité, que les auteurs se mirent à l'œuvre pour exploiter ce nouveau talent. Ils n'eurent pas lieu de s'en repentir, car dans *Mathéo*, *l'Enfant de giberne*, *la Vision du Tasse*, *Lazare*, *les Deux Serruriers*, Raucourt a montré sa souplesse, sa verve, sa sensibilité; et enfin, dans le *Perruquier de l'empereur*, il a prouvé qu'il était un comédien profond et complet.

Après ces talents tout-à-fait hors ligne, il me reste peu de place pour passer en revue une troupe aussi nombreuse que celle du théâtre de la Porte-Saint-Martin, et je serais fâché de faire un choix, parce qu'alors je commettrais une injustice dans mon exclusion. Il m'en coûte cependant de ne pas parler de MÉNIER, de HIELLARD, de VERNER, de TOURNAN, si remarquables dans *Paris le Bohémien*; de mademoiselle FITZJAMES, qui soutient avec talent un nom qui oblige; de mademoiselle KLOTZ, dont j'aime la voix et le goût; de ce bon diable de NESTOR-*Gobetout*, si parfaitement à l'aise sur la scène; de mademoiselle LORY, qui ferait aimer la

Vérité, qu'elle représente avec tant de grâce et de distinction ; de la jolie MARIA LOPEZ, de la tragique CHARTON, de la bonne vieille SAINT-FIRMIN, si pleine de rondeur et de naturel ; de VISSOT, la colonne du théâtre ; d'ERNEST, de LANGLADE, d'HÉRET, qu'on retrouve toujours avec plaisir ; de mademoiselle ANDRÉA, si pathétique dans le rôle de Stella ; de Villars, si sûr de lui et de nous ; des danseurs LAURENÇON, ROPIQUET, NOBLET, et enfin, pour finir comme j'ai commencé, de GABRIEL et de PERRIN, que tout Paris connaît et se ne lasse pas d'applaudir dans la jolie scène du Ténor et de Richard de la célèbre Revue, qui atteindra 1843, grâce à l'esprit que MM. Cogniard y ont semé avec profusion et au talent de vingt artistes, qui mettent à la jouer un ensemble parfait.

THÉATRE DE LA GAITÉ.

Administration.

Directeurs, MM. MEYER et MONTIGNY. — Régisseur général, M. VAREZ. — Inspecteur général, M. CENARD. — Contrôleur gén., M. MERLE.

Prix des places.

Avant-scènes des premières et du rez-de-chaussée, 4 fr. — Loges de face et Baignoires, 3 fr. — Stalles, Balcon, Amphithéâtre, Deuxièmes loges de face, 2 fr. 50. — Premières loges découv., Avant-scènes des deux., Stalles d'orc., 2 fr. 25. — Première galerie de côté, 2 fr. — Orchestre, Pourtour, 1 fr. 50. — Deuxièmes galeries, 1 fr. 25. — Parterre, 1 fr. — Troisièmes galeries, 60 c. — Amphithéâtre des quatr., 50 c.

Le théâtre de la Gaîté, le plus ancien de tous ceux qui ont existé et qui existent encore sur les boulevards, fut fondé par J.-B. Nicolet en 1770 ; mais c'est à Restier, qui avait bâti longtemps avant cette époque une barraque en bois devant laquelle on faisait la parade, que remonte l'origine de ce théâtre, qui portait alors le titre de *salle des Grands-Danseurs*, et dont Nicolet père, qui y jouait les arlequins, prit plus tard la direction. En 1772, madame Dubarry ayant fait venir Nicolet et ses sauteurs à Choisy, Louis XV, que ce spectacle amusa beaucoup, permit à Nicolet de prendre pour son théâtre le titre de *Grands Danseurs du Roi*, qu'il ne quitta qu'à la révolution, où il reprit celui de théâtre de la Gaîté. Les entr'actes étaient toujours remplis par des équilibristes et des tourneuses qui faisaient des choses de plus en plus étonnantes ; de là l'origine de cet adage, *de plus fort en plus fort, comme chez Nicolet.* En 1805, la direction passa dans les mains de Ribié, qui, aidé de Martainville, releva la fortune chancelante de ce théâtre par la célèbre pièce du *Pied de Mouton*, suivie de *la Queue du Diable* et de *la Queue de Lapin*, féeries comiques qui firent courir tout Paris, et que l'empereur Napoléon lui-même ne dédaigna pas d'aller voir. — La petite salle de la Gaîté fut démolie et reconstruite en 1808, sous la direction de M. Bourguignon. A la mort de sa veuve, arrivée en 1825, M. Guilbert-Pixéricourt obtint le privilége, qui passa en 1835 dans les mains de Bernard-Léon... Mais un incendie détruisit en quelques instants toutes les espérances de ce bon et honnête comédien. Cependant chacun lui vint en aide, et neuf mois après cet événement, une jolie salle en fer s'ouvrit sur l'emplacement de celle des Grands-Danseurs du Roi. — C'est ce théâtre qu'exploite aujourd'hui MM. Meyer et Montigny, avec plus de bonheur et non moins de talent que leur devancier.

ARTISTES.

Mme ABIT, actrice remplie de chaleur et d'âme, et dont les succès au théâtre de la Gaîté sont justifiés par plusieurs créations heureuses.

Mlle CLARISSE a commencé chez M. Comte, où sa mémoire prodigieuse fut prodigieusement exploitée. Du passage Choiseul, elle partit un jour pour... Lisbonne, où elle joua quelque temps, et revint à Paris. En 1838 elle était établie aux boulevards avec une réputation qui grandit chaque jour et atteignit enfin son apogée dans le rôle de Marie de la *Grâce de Dieu*, qu'elle joua avec un charme, une grâce et une sensibilité exquises.

DESHAYES tient à la Gaîté l'emploi des premiers rôles et s'en tire fort convenablement : ce n'est pas un brûleur de planches, comme on dit, mais un comédien qui fait une étude de son art et ne joue son rôle qu'après l'avoir médité et approfondi.

FRANCISQUE aîné, c'est-à-dire François Hutin (excusez du peu), est un acteur tout d'une pièce, qui vous saisit son rôle et son public avec force, impressionne l'un par l'autre, et fait de chacune de ses créations, souvent triviales, mais toujours naturelles et vivement tracées, autant de types pour les habitués de la Gaîté, qui le citent avec enthousiasme et l'applaudissent avec passion.

FRANCISQUE jeune est un comique plein de verve et d'entrain ; toujours sur la brèche, il joue dans toutes les pièces : Pierrot de la *Grâce de Dieu*, Picheloup de *la Dot de Suzette*, Petit-Jean des *Filets de Saint-Cloud*, il n'y a pas un succès à la Gaîté auquel cet acteur n'ait contribué. Francisque jeune est beaucoup plus connu sur le boulevard que Louis X, le Hutin, dont il porte le nom et dont il descend en ligne courbe sans doute.

Mme GAUTHIER est sœur de Bouffé, et, comme lui, pleine de sensibilité et d'intelligence. Dire les rôles qu'elle a créés sur tous les théâtres où le sort plus que sa volonté l'a fait passer tour à tour, ce serait trop long. J'abrége et n'en cite qu'un pour chacun d'eux : à la Gaîté, *l'Etrangère*, qui lui valut un succès éclatant ; aux Variétés, *la Somnambule villa-geoise*, où elle était si jolie et si naïve ; aux Nouveau-tés, *la Morte*, qu'elle joua avec tant d'âme et de chaleur ; à l'Ambigu, *Marguerite de Caylus* ; à la Porte-Saint-Martin, *la Duchesse de la Vaubalière*; au Gymnase, *la Fille de l'Avare*, *Une Mère* ; et en-fin aujourd'hui encore à la Gaîté dans *Stéphen* et *la Dot de Suzette*.

M**lle** LÉONTINE. Rien de plus populaire que ma-demoiselle Cadiche-Chonchon-Léontine, et sa répu-tation, comme celle de la galette du Gymnase, est dans toutes les bouches ; il est vrai que, comme elle (la galette), Léontine est brûlante, colorée, appé-tissante, et non moins grasse.

NEUVILLE augmente chaque jour à la Gaîté la réputation qu'il s'était faite aux Folies-Dramatiques, et ses caricatures sont amusantes et naturelles.

SAINT-MAR n'est pas sans talent, et je lui ai vu jouer, dans *la Femme à deux maris*, le rôle du père aveugle avec un pathétique que n'aurait pas dés-avoué Bocage.

SURVILLE est un jeune premier rôle qui tient fort agréablement son emploi, et qui plaît aux uns comme comédien intelligent et varié, aux autres... Mais ces dames savent-elles pourquoi on leur plaît ?

Pourquoi n'ai-je plus de place pour vous parler du père Joseph, de Pradier, de Jacquot - Charlet, de mesdames Cheza, Maria, Stéphanie Rougemont, Lagrange, Mélanie ? Décidément je suis un aristo-crate ; j'ai trop sacrifié aux théâtres royaux.

THÉATRE DE L'AMBIGU-COMIQUE.

Administration.

Directeur, M. ANTONY BÉRAUD. — Secrétaire général, M. A. BROT. — Régisseur, M. HOSTEIN.

Prix des places.

Avant-scènes du rez-de-chaussée et des prem., 5 fr.—Premières log. de face, Stalles de balcon, 3 fr. — Baignoires grillées, Stalles d'orchestre et de galerie, Premières loges découvertes, Deuxièmes loges de foyer, Avant-scènes des deux., 2 fr. 50 — Orchestre, Prem. galeries, Deuxièmes loges découv., Avant-scènes des trois., 2 fr. — Deuxièmes galeries de face, Premier balcon, Baignoires découvertes. 1 fr. 75. — Deuxième balcon, 1 fr. 50 — Parterre, 1 fr. 25. — Troisième amphithéâtre, 75 c. — Quatrième amphithéâtre, 50 c.

Le 9 juillet 1769, Nicolas-Médard Audinot inaugurait sur le boulevard du Temple la salle de l'Ambigu-Comique, où des comédies et des petits opéras-comiques étaient représentés par des marionnettes auxquelles succédèrent bientôt des enfants. On lit à ce sujet dans les *Mémoires de Bachaumont,* sous la date de 1771 : « Les amateurs « de théâtre sont enchantés de voir la foule se porter à « l'Ambigu-Comique pour y applaudir une troupe d'enfants qui y font fureur ; ils espèrent que cette troupe « deviendra une espèce de *séminaire* où se formeront « des sujets d'autant meilleurs qu'ils annoncent déjà des « dispositions décidées et donnent les plus grandes espérances. » — Peu à peu le privilége prit de l'extension ; il fut permis aux jeunes comédiens de grandir, ce qu'ils s'empressèrent de faire, et désormais le théâtre de l'Ambigu-Comique avait conquis son rang. On représenta la pantomime, le mélodrame et le vaudeville. En 1798, Corse s'adjoignit Aude, le père des *Cadet Roussel*, et les annales du théâtre n'ont pas d'exemples d'un succès semblable à celui de *Madame Angot au Sérail de Constantinople.* — Le 14 juillet 1827, anniversaire de la mort d'Audinot, le théâtre de l'Ambigu fut consumé... — Reconstruite sur l'emplacement de l'hôtel de M. de Murinais, rue de Bondy, au coin du boulevard, la nouvelle salle fut inaugurée le 7 juin 1829. — Des vicissitudes sans nombre ont assiégé ce théâtre depuis cette époque, et amené des catastrophes qui, nous l'espérons, n'attein-

dront pas l'homme de lettres intelligent et sage qui tient
le gouvernail sur cette mer orageuse.

ARTISTES.

ALBERT, qui est fils d'un officier supérieur de la
vieille armée, reçut une éducation toute militaire.
Le hasard en fit un comédien, et ce hasard peut s'ap-
peler heureux, car Albert est placé au premier rang
des artistes du boulevard.

BOUTIN ne prend pas de gants pour vous dire ce
qu'il pense ; il est franc, c'est son seul défaut, pauvre et *par conséquent* honnête, comme l'est tout bon
chiffonnier établi sur le pavé de Paris; et si vous le
trouvez trop trivial, trop commun, trop mal em-
bouché, c'est que vous n'avez jamais vu le type du
titi qu'au Gymnase. Boutin est le successeur de
Tiercelin : c'est assez dire.

CHILLY. Après avoir joué longtemps avec succès
la haute comédie à l'Odéon, il aborda le drame et
remporta dans *Marie-Tudor*, un de ces triomphes
qui font la réputation d'un acteur. La sienne ne
s'arrêta pas là : dans *Christophe le Suédois*, *l'Ab-
baye de Castro* et *Jacques-Cœur*, il a montré sous
toutes les faces son talent incisif, souple et varié.

COQUET, bon et agréable comique, fort amusant
dans son rôle d'enfant de troupe des *Brigands de la
Loire*.

GRAS (Anatole), est un mauvais sujet, un satané
séducteur, dont le dénouement fait justice et le public aussi, en applaudissant l'acteur.

Mlle MARTIN. C'est une copie de madame Dorval;
elle a de plus de la beauté, ce qui ne gâte rien, mais
trop d'afféterie, ce qui gâte tout.

MATIS est un comédien de talent qui soutient

une partie du répertoire de l'Ambigu-Comique et qu'on applaudissait encore dernièrement dans le rôle du Marquis des *Jumeaux bearnais*, où il est fort pathétique.

MAUZIN (Alexandre). Il est difficile d'être plus vrai, plus dramatique, plus énergique que Mauzin dans *Cardillac, Gaspardo;* et, en dernier lieu, dans Robert des *Brigands de la Loire*.

MÉLINGUE. On dit que cet excellent comédien doit rentrer à l'Ambigu-Comique au mois d'août. J'en félicite l'administration, l'acteur et le public qui aura de nouveaux applaudissements à donner.

Mme MÉLINGUE (Théodorine) ne quitte pas son mari : deux têtes sous une même couronne.

Mme PASTELOT n'est pas seulement une personne zélée, intelligente; c'est une comédienne de distinction et de talent, qui joue avec naturel, et dit juste ; ce qui est rare à ce théâtre, comme à bien d'autres.

PERAY (Charles) est très drôle et très comique, plein de verve et de naturel.

SAINT-ERNEST. « Voilà un gaillard qui bénit bien, disait un jour un habitué de l'Ambigu, qui me parlait de Saint-Ernest. Croiriez-vous, Monsieur, continuait-il, que ce vieux, avec sa barbe blanche, n'a pas encore trente-huit ans? L'avez-vous vu dans le *Facteur*, dans *Cosme de Médicis*, dans *Lazare?*.... C'est le meilleur *père* de tout Paris....» J'ai donc vu Ernest dans tous ces rôles, et je confirme le jugement de mon voisin l'habitué.

Pardon, MM. Prosper, Stainville, Cullier, David, Hamel ; et vous, Mesdames Dupont, Prosper, Lucie, Adalbert, Virginie, et peut-être bien d'autres que j'oublie de mentionner ; mais l'inflexible marge me manque pour tracer ici votre éloge.

9.

CIRQUE NATIONAL

Sous la direction de M. Dejean

(Boulevard du Temple, du mois d'octobre au mois de mai,
et aux Champs-Elysées, du mois de mai au mois d'octobre).

Voilà un établissement bien nommé et qui justifie pleinement son titre, car toutes les traditions de la gloire française seraient perdues, on les retrouverait au *Cirque National :* là notre histoire guerrière est conservée avec ses brillants épisodes ; et MM. Cuvelier, Ferdinand Laloue et Labrousse sont, sans qu'ils s'en doutent, les historiens les plus populaires ; leurs pages, écrites avec l'épée, sont illustrées de marches, contre-marches, costumes vrais, sites variés comme les tableaux qu'elles représentent ; partout la vérité qui frappe les yeux, les oreilles, et se grave dans la mémoire comme dans le cœur. Honneur donc à cette édition vivante des Victoires et Conquêtes, où plus d'un modeste comédien joue chaque soir son rôle dans mainte bataille à laquelle il a assisté dans sa jeunesse, sous la direction de Napoléon, chargé alors de la mise en scène de l'Europe.

Je ne saurais mieux faire que de citer ici quelques passages de l'excellent ouvrage de Brazier, intitulé *Histoire des petits Théâtres de Paris.* J'y trouve une notice vraie et bien faite du Cirque-Olympique, nom tant soit peu pédant, auquel a succédé celui plus juste, plus simple et plus rationnel de Cirque National.

« Quelques années avant la révolution, un Anglais, nommé Astley, avait importé en France ce genre de spectacle. Franconi père succéda à Astley au faubourg du Temple, où un manége avait été construit. Dans l'origine, ce spectacle consistait seu-

lement en des exercices d'équitation, des tours de
souplesse et de petites parades à deux interlocuteurs. Peu à peu ce genre prit de l'extension; un
théâtre ayant été bâti dans le manége, on y joua
des pantomimes. Franconi père quitta pour un temps
son local du faubourg du Temple, et fit bâtir un
nouveau manége sur l'emplacement de l'ancien couvent des Capucines (aujourd'hui la rue de la Paix);
il y fit de brillantes affaires, et céda son établissement à ses enfants, Laurent et Minette Franconi, qui
allèrent l'exploiter à Mont-Thabor. Mais les frères
Franconi ne jouèrent pas longtemps dans le quartier
des Capucines; ils firent faire des réparations et des
agrandissements à leur Cirque du faubourg du
Temple, et y retournèrent le 8 novembre 1809.

« Dans la nuit du 15 au 16 mars 1826, un incendie
dont rien ne put arrêter les effets détruisit la salle,
qui fut bientôt reconstruite sur un emplacement très
favorable, boulevard du Temple, entre l'hôtel Fou-
lon et l'ancien Ambigu. Alors les frères Franconi
mirent leur entreprise en actions; MM. Ferdinand
Laloue, Vilain de Saint-Hilaire et Adolphe Franconi
furent chargés des destinées de la nouvelle administration... »

Je ne suivrai pas M. Brazier dans le récit des
causes qui amenèrent la fermeture de ce théâtre, et
j'arrive à la réouverture du Cirque National, le 22
décembre 1836, sous la direction de M. Dejean,
propriétaire de la salle, à qui il a été accordé un
privilége fort étendu. Avec cet habile directeur le
Cirque National a reçu un plus brillant développement encore. La grande épopée militaire a pris un
peu de la forme du drame antique. Les personnages
célèbres de l'histoire contemporaine ont eu tour à
tour leur cadre dans cette galerie animée; le plus
illustre parmi tous, *Napoléon*, a fourni tous ces

beaux tableaux si glorieux et si touchants qui commencent à Toulon et finissent à Saint-Hélène, et comme complément de ce grand drame, le Cirque a reproduit avec une vérité qui a pu être appréciée de tout Paris, les funérailles que la France a faites à son héros.

Après le chef sont venus les lieutenants. Murat, dont le fougueux courage était connu et respecté, même des sauvages *du Don*, Murat qui était parti de son village pour s'asseoir sur un trône et dont la fin si déplorable est tout un drame, a fourni au Cirque National un de ses plus beaux succès.

Les pages de notre histoire, depuis 1790 jusqu'à 1814, laissent encore un vaste champ à exploiter. La gloire de nos armées et l'amour de la nationalité seront toujours sympathiques en France.

Il est un autre genre moins grave et qui appartient au Cirque par droit de conquête, c'est celui de la féerie à spectacle. *Les Pilules du Diable, Bijou* et *le Mirliton* ont prouvé que si les auteurs du Cirque savent attendrir et toucher les spectateurs, ils connaissent aussi le moyen de les étonner par des effets de théâtre singuliers et les faire rire par des mots plaisants. *Les Pilules du Diable*, de MM. Ferdinand Laloue et Anicet laissent bien loin derrière elles les fameux succès du *Pied de Mouton* et de toutes les féeries passées.

M. Dejean, autorisé par son privilége à donner aux Champs-Élysées des exercices équestres, a noblement répondu à cette faveur en faisant construire aux Champs-Élysées une splendide et délicieuse salle où la richesse et le bon goût règnent ensemble. Ce Cirque, dont la magnificence intérieure réjouit les yeux, et serait à elle seule un charmant spectacle, offre le plus séduisant aspect à l'extérieur où il décore parfaitement la plus belle promenade du plus beau quartier de Paris. Là, au bruit d'une musique militaire, quarante écuyers et écuyères se disputent le prix de la grâce, de l'agilité, de la souplesse, de la force ; et des scènes d'un comique sans trivialité reposent des émotions que causent souvent au plus haut degré des exercices où l'écuyer et le cheval partagent tout l'intérêt d'un public d'élite ; car cette jolie salle est le rendez-vous de la société la plus choisie, l'éclairage éblouissant de mille candélabres permettant aux femmes d'y déployer un luxe de parures que l'encaissement des loges dérobe aux regards dans les salles ordinaires.

Personnel de la troupe équestre.

Haute équitation.

MM. Baucher, Pellier. — Mesdames Caroline, Pauline Cuzent, Mathilde.

Voltige et danse à cheval.

MM. Paul Cuzent, Lejars, Lalanne aîné, Lalanne Pierre, Lalanne Paul, Lalanne Fortuné, Gautier, Cinezelli, Hinne, Voisin, Carl, Nimezègue, Coper, Hermann, Gilet, Ferdinand, Achille, Thil, Lécolle, Varin, Henri, Félix.

Mesdames Lejars, Camille Leroux, Cinezelli, Hinne, Gautier, Filhol, Voisin, Adélaïde.

Chevaux dressés.

M. Adolphe Franconi.

Intermèdes comiques.

MM. Auriol, Léclair, Van Cattendick, Francisque.

THÉATRE DES FOLIES-DRAMATIQUES.

Directeur, M. MOURIER-VALORY. — Régisseur, M. LARCHER.

Prix des places.

Premières de face, Avant-scènes du rez-de-chaussée et des prem., Stalles des prem. de face, 2 fr. 25. — Balcon, Baignoires, Avant-scènes des deux. et trois., 1 fr. 50. — Orchestre, 1 fr. — Parterre, Amphith., 75 c. — Deuxièmes galeries, 50 c. — Trois. galeries, 50 c.

Ce théâtre, dont M. Allaux aîné avait obtenu le privilége, fut construit sur ses plans et ajouta encore à sa réputation comme peintre et comme architecte. Ouvert le 22 janvier 1831, sous la direction de M. Léopold, il passa bientôt sous celle de M. Mourier, homme de lettres, qui parvint, par sa constance et ses efforts, à le placer au rang qu'il occupe aujourd'hui, c'est-à-dire à l'élever au niveau des plus anciens et des meilleurs théâtres du boulevard.

ARTISTES.

Mlle AGLAÉ COQUET. — Jeune et douée d'un physique agréable, elle tient l'emploi des jeunes premiers rôles et des jeunes coquettes qu'elle remplit à la satisfaction des spectateurs.

ANATOLE. — Agé de vingt-sept ans, doué d'un physique agréable et ayant une excellente tenue à la scène, Anatole remplit avec avantage les rôles d'amoureux aux Folies-Dramatiques.

Mme ANGÉLINA LEGROS. — Cette jeune et jolie actrice tenait à Lyon, comme elle le tient aujourd'hui au théâtre des Folies-Dramatiques, l'emploi des Déjazet. Elle a créé à ce dernier théâtre plusieurs rôles qui font honneur à son talent.

ARMAND VILLOT. — Nous ne suivrons pas ce comédien dans toutes ses phases dramatiques : nous aurions trop de succès à constater dans les divers

théâtres sur lesquels il est monté. Nous nous bornerons à dire qu'aux Folies-Dramatiques, où il tient
l'emploi des premiers comiques, il déploie dans tous
ses rôles une supériorité de talent appréciée par le
public qui lui témoigne sa satisfaction par de nombreux applaudissements.

BERNARD-LÉON. — Ce comédien, qui jouit d'une
réputation colossale justement acquise sur plusieurs
théâtres de Paris, a quitté le Gymnase pour entrer
aux Folies-Dramatiques. Comme directeur du théâtre
de la Gaîté, Bernard-Léon fut pendant plusieurs années le rival de M. Mourier; il en est aujourd'hui le
pensionnaire. Sa gaîté ne s'en est point altérée :
philosophie d'artiste.

BLUM. — Cet acteur fait sur le public le même effet que produisait Potier. On rit lorsqu'il entre en
scène, on rit lorsqu'il parle ou qu'il chante, enfin,
on rit toujours. Son talent franc et naturel en fait
un de nos meilleurs comiques des boulevards.

Mlle CLORINDE. — Ainsi qu'Armand Villot, mademoiselle Clorinde, avant d'être engagée aux Folies-
Dramatiques, se fit applaudir sur plus d'un théâtre
de Paris, et notamment aux Nouveautés, où dans
la pièce du *Marchand de la rue Saint-Denis*, elle
imita avec bonheur et dans un de ses meilleurs rôles, madame Allan-Dorval. Mademoiselle Clorinde
comprend parfaitement son art. Elle a de l'entrain,
de la verve; en un mot, c'est une excellente duègne.

DUMOULIN. — C'est une des colonnes fondamen-
tales des Folies-Dramatiques. Après une longue absence, Dumoulin est rentré à ce théâtre, à la satisfaction des amateurs d'un talent franc et naturel.

FERDINAND HEUZEY. — Ancien acteur du Gymnase et du théâtre français de Londres, il serait trop
long d'énumérer tous les rôles qu'il a créés aux Fo-

lies-Dramatiques avec un talent très remarquable. Nous nous bornerons à citer celui du sénéchal, dans *Micaëla*, qu'il a joué après Neuville, et dans lequel il est parvenu à faire oublier son devancier.

Mlle JUDITH BERNAT. — Cette jeune et jolie personne, dont la voix est fraîche et pure, reçut, assure-t-on, d'excellents conseils de mademoiselle Rachel, dont on voit qu'elle a su profiter.

Mlle LEROUX. — Le rôle de la *Grisette romantique*, qu'elle a créé aux Folies-Dramatiques avec une verve et une gaîté des plus originales, a établi sa réputation à ce théâtre, où elle est très aimée.

PALAISEAU. — Elève du Conservatoire, cet acteur entra aux Folies-Dramatiques lors de l'ouverture de ce théâtre. Il ne l'a point quitté depuis. Il a créé une foule de rôles avec un talent qui nous a rappelé plus d'une fois celui de Brunet. C'est le plus bel éloge que nous puissions faire de Palaiseau.

CHARLES POTIER. — Fils du célèbre comédien qui charma longtemps les loisirs du public bordelais et parisien, Charles Potier a dignement marché sur les traces de son père. Ce fut à la banlieue qu'il fit ses premières armes dans la carrière dramatique. Non-seulement Potier se fait applaudir comme excellent comédien, mais encore comme bon auteur dramatique. Nous pourrions citer un grand nombre d'ouvrages sortis de sa plume, et qui décèlent en lui un homme de beaucoup d'esprit.

Mme POTIER. — Un joli physique, une voix douce et pure, et surtout un ton d'excellente compagnie, font de madame Potier une charmante actrice.

FIN.